把心情拿去曬一曬

小魚腥草和不思芭娜

吉本芭娜娜

劉子倩 譯

吉本ばなな

すべての始まり　どくだみちゃんとふしばな1

目次

邂逅與發現

種種祕訣

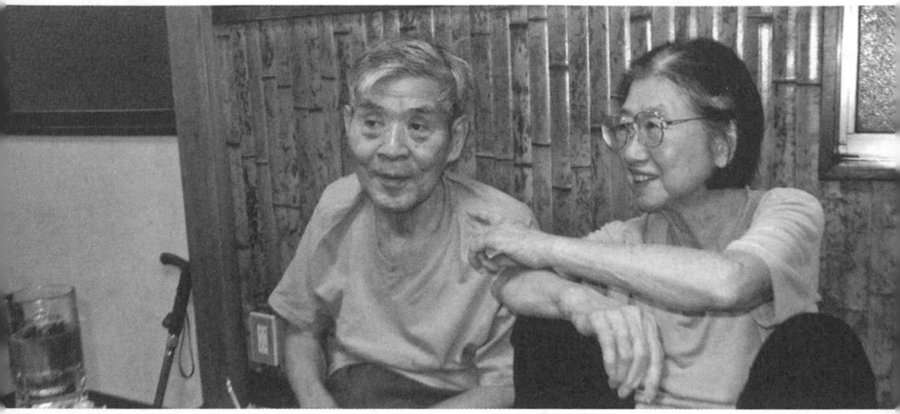

瑣碎小事

請多指教！

今日小語

這年頭不好說的事太多，於是獨自創辦收費電子雜誌。如今彙集成書出版，但內容多處經過刪改。

畢竟是個人誌，難免有錯字漏字乃至夢話、胡言亂語、白日夢種種還請見諒。我也會努力學習讓內容變得更好讀。

小魚腥草

文字做的夢

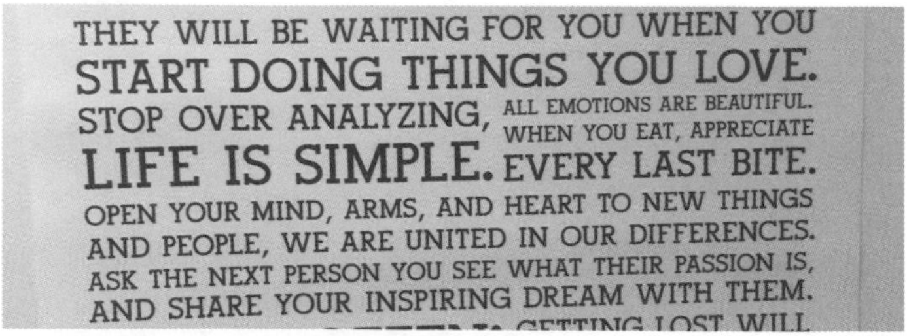
THEY WILL BE WAITING FOR YOU WHEN YOU
START DOING THINGS YOU LOVE.
STOP OVER ANALYZING,
LIFE IS SIMPLE.
ALL EMOTIONS ARE BEAUTIFUL.
WHEN YOU EAT, APPRECIATE
EVERY LAST BITE.
OPEN YOUR MIND, ARMS, AND HEART TO NEW THINGS
AND PEOPLE, WE ARE UNITED IN OUR DIFFERENCES.
ASK THE NEXT PERSON YOU SEE WHAT THEIR PASSION IS,
AND SHARE YOUR INSPIRING DREAM WITH THEM.

長野縣的美麗書店「nabo」廁所張貼的海報

這不是詩。
算是摘記吧。
是散文吧。
是發牢騷吧。
是訴委屈吧。
是對世界的祝福吧。
是不斷誕生又逐一破滅的泡沫吧。
是惆悵的祈禱吧。
是漩渦盤旋著消失在排水溝時的靈光乍現吧。
是想表達滾水沸騰的鍋中那種小泡沫之完美的心情吧。
是的，這不是詩，是散文。
談不上片段文章綴成一冊，只是捕捉腦海瞬間閃現的成串影像。
宇宙隨時隨地都在凝視我們，當我們抬頭仰望便會察覺形貌稍稍有些改變。
我們總在互相凝望。

和這個偉大的事實相較，有太多事微不足道。
人的敵人永遠是人，我們已被訓練得習慣互相監視。
然而，想到那個就會對自己的過度無力為之失神，所以盡量不要去想，盡量不去想。
互相監視，爭吵，空氣變得濃密緊繃，令人窒息，把這視為人生遠比知道真相更輕鬆呢——我凝視這種運作模式背後的黑暗。可以看見那裡有微光。

如果同樣察覺到自己的無力與渺小，不妨思考宇宙。
因為，那是一對一，誠實無偽的面對面。
思考宇宙，幾乎等同於看著樹木的婆娑枝葉在眼前搖曳。自己存在，兀然存在。雖然非常孤獨，但眼前的確有某種巨大的存在。
寫作亦與之相仿。
作家在黑暗中屏息追逐文字。
藉由書寫，漸漸發酵，安靜發光，同時逐漸被世界解放。
文字讓空氣變得稍微乾淨一點點。

讓包袱稍微輕盈一點點。

而那種節奏逗得某個可愛的小寶寶笑了。皺起鼻頭咯咯笑！

不思芭娜

「不思芭娜」是「不可思議現象的獵人芭娜子」的簡稱。

每天捕捉自己認為不可思議的事和感動的事加以觀察，從自己的角度思考。

如果是我本人寫出來會有所不便，但若是我的分身的想法應該就沒問題。

就像村上龍老師有「矢崎」，我有「芭娜子」。

就像森博嗣老師有「水柿助教授」，我有「有限公司吉本芭娜娜事務所總經理芭娜子」。

就像村上春樹老師有「深繪里（深田繪里子）」，我有「芭娜繪里」（這句是瞎扯）！

偽冥想

現代社會的時間好像跳呀跳的就快速溜走了。

是「宇宙弦」[1]造成的嗎（我不懂太艱深的理論，只有一點粗淺的認識）？是因為網路和智慧型手機，還有社群網站之類的搞得我們太忙碌嗎？

可以的話當然希望有安靜充裕的時間。

我希望，自己能夠不被當下的氣氛左右，不會隨便回答交差了事後就此滿足於那個答案，而是認真去理解自己此刻到底是什麼感覺。

正因為比旁人加倍容易受氣氛影響，所以才這麼想。

沒有任何事物能夠奪走我「理解」的那種時間。無論國家或神明，都無法奪走發生在我身上的種種想法感受，緩緩沉落滲入心頭，漸漸發酵改變形貌的時間。因為那幾乎等同活著的意義。

從小到大約有四十年的時間，我們全家每年夏天都會去伊豆海邊逗留一星期。

天氣好的話就整天游泳，因為住旅館，所以早餐和晚餐的時間都是固定的，有時弄得行程很緊張，可一旦下雨，待在海邊的鄉下小鎮就無事可做。

那年頭還無法上網大量採購音樂或書籍，一下雨只能窩在旅館房間默默聽音樂，或是把同一本書翻來覆去看上好幾遍。

當時的我之無聊，甚至讓我懷疑就是那種「已經充分欣賞過這個音樂、這本書！我現在只想聽更多音樂！看更多書！」的心情太強烈，才會匯聚成一股願力產生現今的網路音樂和電子書。雖然我當時感到無聊，卻也沒那麼大的耐心一口氣帶上兩本史蒂芬·金的厚重小說去海邊旅館。

當時一起待在旅館房間的人，是朋友、親戚、事務所同仁及戀人。或者是父母因工作關係認識的人、母親的朋友、那些人的家人或熟人。大家共享那種無聊，偶爾聊天偶爾沉默，或者各做各的事，或者弄點飲料稍事休息。

如今想來格外懷念，那是連身體都慵懶無力的無聊。聽音樂、看書、聊天，在這過程中不經意睡著後更加慵懶無力，不過經過多次那樣的午睡後，精神抖擻的長夜變得特別好玩。

在這忙碌的現代社會，能夠擁有那種時間，我認為其實很接近冥想或瑜伽的「本質」。先從一切起伏不定的階段開始，之後精神靜止逐漸產生睡意，進入真正安靜澄澈的時光。那裡有道慵懶與無聊的牆壁，無聊到了極致倏然穿越那堵牆後便豁然開朗，眼前已是異樣開闊明朗的暢快空間。

有人把那種慵懶時光視為陷阱，也有人發現那是通往某種事物的入口。如果能縮短抵達那開闊空間的時間，距離大師必不遠矣。

慵懶的時間為何降臨？

我認為是為了調整。

調整什麼？

我認為是調整日常生活中沉積的殘渣與污垢。

那些東西化為慵懶和無聊，在時間充裕時緩緩浮現。如果完全沒機會浮現，他們就會沉澱淤積結塊僵化，造成慢性疲勞或疾病。

晚上睡前，我會做十五分鐘的伸展操順便冥想。

然後就會發現，只能稱為當天一日印象的東西緩緩浮上表面。如果按照冥想的說法大概是所謂的雜念。

這種蕪雜的雜念從何而來？這種慵懶是什麼造成的？

如果是隔了「一季」或「一年」恐怕不知道是從何而來，但如果是「一天」這種短暫的單位，應該可以鎖定到相當精確的地步。

然後，我發現驚人的事實。

發生陰錯陽差的誤會導致有人講了不好聽的話，因為趕時間便對家中動物胡亂喝斥發脾氣……這些記憶都會一個接一個浮上表面。

我只能安撫，勸慰，道歉，反駁，清潔。替換成別的東西，改去想愉快的事。總之會用盡各種方法把雜念打掃乾淨之後再睡覺。

這種難以形容的開朗心情和幸福感和活力，又是從何而來？如果仔細審視，當然也能鎖定原因。

是因為某家商店店員親切的笑容，是替自己撿拾東西的路人那隻手的柔軟觸感。

我發現只要這樣不錯過任何小事，一點一滴構築成一天，這樣的一天累積成一年，然後就構築成一生。

如果不這樣仔細觀察，它會沉埋在無意識的黑暗中，絕對無法發現，所以每次發現時總對這世界的完美架構感到敬畏。然後欣然領悟，有這麼值得信賴的運作系統，難怪許多前輩早就知道委身其中是最明智的選擇。

說個題外話，關於海邊的回憶，事後意外發現大部分的回憶，竟是被衣物曬乾的程度所占據。在東京，如果上午晚點拿出去晾曬，傍晚收回來時可能還有點潮濕。

為什麼？為什麼無法像海邊晾曬的衣服那樣乾爽？這麼一想，我終於醒悟。

不只是因為海邊陽光太強烈才立刻曬乾。

是因為當時，我們從海裡上來就會立刻洗澡，渾身泡得熱呼呼地順手清洗泳衣和T恤，在傍晚的暮光中把衣服晾到曬衣繩上，到了早上才收回來。

我想起那天晚上出去散步歸來時，仰望旅館的窗口，看到大家晾曬的衣物都在黑暗中飄揚的奇景。

徹底沐浴夕陽與朝陽後，衣物格外乾爽。

無關好壞，就連濕衣物也得耗費一段時間才會徹底乾爽。

（編按）標示＊為原注，其他為譯者注。

1 宇宙弦（cosmic string）：科學家認為宇宙大爆炸後形成無數細長且能量高度聚集的管子，可幫助人類進行時間旅行。

門的形象，大神神社的鳥居

迷你小魚腥草和迷你不思芭娜

今日小語

構成本書的收費電子雜誌「小魚腥草與不思芭娜」，從今日小語這個半生不熟的信筆塗鴉單元開始，另外還包括小魚腥草這個類似「療癒之歌」[2*]（我之前散文集的書名）的專欄，以及不思芭娜這個雜文隨筆，偶爾再加上我個人悄悄推薦的好東西。

小魚腥草

洗衣

我很喜歡的上野不忍池的荷花

上午洗衣，在晨光中晾曬。
一切沐浴光芒閃閃發亮。
可別整整齊齊地晾曬。
有點邋遢的感覺剛剛好。那種扁平的、拖拖拉拉的氛圍。
彷彿身邊隨手垂掛著布，大概是那種感覺。
之後被陽光的熨斗熨燙，就會唰地變得平整。
烘乾機再怎麼進步，唯獨這點絕對做不到。
曬過的衣服有種好聞的香氣，可以持續好幾天。
即使有人說那種香味其實是塵蟎屍體的氣味，我也不在乎。
陽光的力量遍及更深更深處。
但我想到的確有什麼不同。
我所知道的洗淨衣物的力量應該更……
然後我想到了。
夏天從海裡上來，一路沾滿沙子走回旅館。在旅館門口用冰涼的自來水洗腳。然後泡個熱呼呼的熱水澡，順手在浴室清洗當天的衣物。
接著，在房間的小洗手臺再次沖洗衣物，用力扭乾後，晾在窗外的繩子上。
通常這時外面已是夕陽西沉，夜幕籠罩。
洗過的衣物在黑暗中隨風飄揚，起先濕濕的，到了早晨開始盡情沐浴陽光呼吸。
悠然吐出夜晚的空氣，包裹海風。
我去游泳前會把那些晾乾的衣服收回來。
曬得硬梆梆甚至很難穿上的衣服，擁有深不可測的能量。
原來如此，是夕陽和海風還有黎明的晨光。
是喜悅和游完泳的疲憊和去海邊的滿心興奮。
都市的陽光當然不可能勝過這種條件。
坐在海邊旅館的破沙發上，眺望衣物曬得潔白發亮的那段歲月。
遠方是青翠山脈和隱約可見的粼粼波光。
那種洋溢鄉愁的情景啊。褪色地毯的塵埃氣息啊。

不思芭娜

「不思芭娜」是不可思議現象的獵人芭娜子的簡稱。

每天捕捉自己認為不可思議的事和感動的事加以觀察，從自己的角度思考。

有些話我寫出來會有所不便，但若是我的分身的想法應該就沒問題。

就像村上龍老師有矢崎，我也有「芭娜子」。

就像森博飼老師有水柿助教授，我也有「有限公司吉本芭娜娜事務所總經理芭娜子」。

就像村上春樹老師有深繪里，我也有「芭娜繪里」（這句是瞎扯）！

附帶一提，我發訊息給村上春樹老師時，真的都是署名「芭娜繪里」。

他八成苦笑以對吧……

或者（我想他應該不是這種說話方式啦），他大概覺得「屁～啦！」

2 ＊《療癒之歌》：八十一篇讓人活出「真正的自我」的人生處方箋。二〇一六年，新潮社刊。

兒子畫的我，居然還挺傳神的

對未知的渴望（並沒有……？）

今日小語

文思泉湧的時候下筆如有神助，讓讀者覺得：「哇，怎麼這麼快又收到電子雜誌了！」寫不出來的時候則會讓讀者覺得：「怎麼還沒收到電子雜誌，搞什麼鬼。要不就看看以前的文章吧？」

即便是這種程度的馬虎隨興，有與無也能一點一滴讓生活中的某些東西改變，忽然覺得活著好像並不寂寞了。我很想做出類似「鶴光 all night Nippon」[3] 那樣的電子雜誌。

這種電子雜誌運作方式的好處，就是可以自己決定幾時發

我家的荷花開了

文，不像其他系統那樣規定一定得在每星期幾的幾點之前發表。正因為想像得到做起來會有多麻煩，身為開路先鋒的我很想好好加油，而且將來說不定當大家感覺「有點想看書了」就會來我這裡。只要認真寫作就一定會有讀者，這點真的很棒。

當然在過程中一定會起衝突，和出版社的來往方式該如何拿捏分寸也很困難，想必也要爭奪作者，總之問題堆積如山，不過我希望我能堅持游完全程。我超愛亞馬遜網站也經常利用，但我也希望客服中心不是徒有形式，日本人重視的中小企業精神也能夠保存下來。

因此，目前既然難得有這機會，我想隨心所欲地發表文章。

每次收到作家高城剛學長（他是我以前學校的學長）和丸尾孝俊大哥的電子雜誌，我就會想：「哇，又是星期五了？」（這當然不是他們的錯）所以我覺得不需要定期更新，採用「偶然收到讀物的意外獎品」這種形式更適合我。當然構成本書內容的電子雜誌，每月最少會更新兩次。但偶爾我也會去到無法上網的地方（毒蜘蛛會鑽進鞋子的那種地區），這種時候，只好事後全部一併更新。

不過，話說回來崛江貴文[4]還真是厲害！

不只把同一份電子雜誌賣給所有媒體，而且可以感受到他那種「文章換行或錯字的問題都不重要！我的生存方式才是主要內容！」的心態。讓人感到自己很渺小。這絕非諷刺，我真的覺得這世上還是有他那種人比較好。他那種哪怕去坐牢還是隨時動腦筋，按照自己喜好的方向行動，片刻都靜不下來的個性，也讓我很有同感。我認為那與其說是樂觀積極，不如說是好奇心的問題。

我偶爾有機會和昔日被稱為崛江近臣的健太郎這位男性共餐，此人聰明得不得了。而且做什麼都很快，快得經常讓我覺得自己好像在拍慢動作影片。他算錢也很快，提出什麼企劃案時，算起原價和設備投資等初期費用的成本，他只要拿出手機一查，三秒鐘就能算出會不會賺錢。

由於彼此生活的圈子差距太大，我甚至都不想問價值觀的差異了。但我們還是有一大共通點，所以意外地總是意見投合。大概是因為彼此都了解這社會有多嚴苛吧？

我最喜歡他的一點，就是即便不好開口的事他也照樣立刻直接挑明。看他的部下們也一貫努力這麼做，雖然我沒見過崛江，但他想必也是這種人吧。

有人問：「專欄的標題為什麼叫做小魚腥草？」順便在此答覆。其實我本來預定用「小魚腥草」這個新的筆名寫作。至於為什麼加上「小」，是因為我從四月開始天天為我家愛犬摘魚腥草，摘的時候一直都是這麼親熱地喊它：「小魚腥草，我可以把你摘下嗎？」

但是，如果用那個筆名，之後的「不思芭娜」就會變成「不思魚腥」！所以我只好作罷。

上次，一起跳草裙舞的朋友長谷麻美說，「聽說選拔太空人的最後考核問了『浦島太郎和桃太郎你喜歡哪一個』這個問題。結果通過考核的人好像是選擇『浦島太郎』。」但我總覺得光看那個問題本身，應該就不可能是選美國或俄國的太空人。

我喜歡動物，而且想看鬼！基於這個單純的理由，我不假思索就選擇率領動物去打鬼的桃太郎，不過再仔細想想，像浦島太郎那樣幫助烏龜，對於喜歡動物的我而言只不過是理所當然的行為，如果全副身家都被帶到陌生城市，連小說也不能寫，只能每天和派對動物共度空虛時光，最後好不容易回到家鄉，卻發現親朋好友都已不在了，必須在陌生的世界以高齡者的身分重新開始——開什麼玩笑！不過喜歡浦島太郎的人好像就是喜歡那種「迎向不安」、「尋求未知」的刺激。

的確，如果不是這種人根本不可能去什麼外太空！

我嫌穿太空裝麻煩，基於這個理由對於去外太空毫無興趣，是 indoor 居家型（光是跑去外太空就某種角度而言已經堪稱 outdoor 型？）的懶人，所以不管怎樣大概都不可能入選。

不過上次，我對這本書的責任編輯壺井小姐說，「在海外累得像狗一樣抵達機場，赫然發現飛機的登機門臨時改了，本來就聽不太懂外語，根本不可能在這麼短的時間內辦完入境和轉機手續！碰上這種事，真的很想哭。」結果她眨著美麗的雙眼閃閃發亮地說：「這種時候我反而會更有鬥志！」讓我很感動。原來這裡也有個浦島太郎！或許就是因為身邊有這樣的人物在，所以我雖然在現實生活很弱，好歹還能靠寫字維生吧，這麼一想每每深懷感激。

小魚腥草

橘色洞洞鞋

倒也不是特別珍惜。

大約十年前在夏威夷歐胡島的卡拉卡瓦街買來當海灘鞋，鞋面點綴著當時一併挑選的瓢蟲和四葉幸運草圖案的裝飾扣（扣在洞洞鞋的洞裡），後來就一直當作室內拖鞋。

我從早上起床就穿著它開始活動。

它一直忠實地在我腳上。

抱起寶寶哄時，愛犬死掉時，它都在身邊，大地震時也穿著它，所以才讓我沒有踩到碎玻璃。父母過世時我也是穿著它度過。當時我動不動就低頭，所以鞋子的橘色好像已經滲入眼底。當然有時疲憊得雙眼模糊，也經常因淚眼矇矓讓那橘色在眼前暈開。即便趴伏痛哭，現實依然在運轉。好了，該替家人做晚餐了！當我打起精神起立時，我總是先穿上它。

知道洞洞鞋穿久了會怎樣嗎？

質料好像會變硬，而且內側變得黏黏的。鞋帶也變細，最後斷裂，只好忍痛揮別。

至今偶爾仍會漫不經心地尋找那抹橘色，讓我自己都很驚訝。

明明已經習慣了別雙室內拖鞋，穿起來也更加舒適。

那是十年光陰的浸染。

哪天我像父母一樣年老失智時，八成會到處尋找那雙鞋吧。

咦？那雙洞洞鞋到哪去了？就是那雙橘色的。我明明天天穿，卻不知道去哪了。你沒看到？無論如何時候它總是陪伴在我身邊呢。

雖然這些年來大約替換了五雙，其中有我真正喜歡的室內拖鞋，但我想我還是會尋找那雙橘色洞洞鞋。

當然我也不是沒想過，既然那麼珍惜就修理一下繼續穿吧，但東西都有該退場的時候，也有該告別的時候。

無論多麼喜愛，一如季節更迭果實墜落，有些東西自然該離去。

他（或她？）在說：我已經累了，不想再變

從夏威夷的坦特拉斯山遠眺鑽石頭山

得更破爛了。

而我有一天大概也會離去。

屆時我將前往那個充滿懷念事物的場所。只要去那裡，想必就能見到父母和故友，還有死掉的小狗小貓，而那雙橘色洞洞鞋肯定也在等我。

就在那個充滿各種從這人世間化為美麗氣體消失的事物的場所。

不思芭娜

無論誠實或怎樣反正都會被嫌棄

如果老實對人說出內心想法，有時會不太方便。

通常人們不會讚美說這樣很誠實很好。

或許從我的外表看不出來，但我這人最在乎的不是對人誠實，而是不想讓別人不愉快的同理心。

我認為，只要自己對自己是誠實的就夠了。

比方說，就算心裡認為「我的老天爺啊啊啊啊啊，這個人的妝超濃，好恐怖！八成花了不少時間化妝吧，我絕對無法跟這種人一起去旅行，我一輩子都做不到這種地步。如果她的妝稍微淡一點肯定更美，真可惜」，當然沒必要老實告訴對方，只要自己知道這感想就夠了。

這時如果對自己說謊，企圖說服自己：「不能覺得她這個妝有點濃！人家都這麼賣力化妝了，這樣想太對不起人了！」我認為這才是最糟糕的。

實際上我只會說：「妳的妝畫得好仔細啊，很漂亮。」如果對方徵求我的意見，我大概會說：「我不會那樣精心化妝，但我並不否定精心化妝。如果容我提出建議，我認為如果只加強眼妝，或者強調妝容的平衡感會更現代，不過只要自己高興，周遭自然也高興，況且也有些男人喜歡女人化濃妝，所以我認為這樣無妨。」

而且最重要的是，千萬別在背地裡做鬼臉或說人家壞話，最好立刻忘記。

附帶一提，為什麼我會提到旅行呢？這是因為我忽然想起來，上次參加類似宿營的活動，同房有人每天早上都要花兩小時梳妝打扮，看著那人清晨五點就打開小燈開始化妝，我頭都暈了，光看就覺得累，所以我絕對不想和這種人一起旅行！

我們不可能人見人愛，所以我寧可在不勉強的情況下坦然表達感情，留心拿捏分寸，自然而然不會再收到不合脾性的邀約。雖然還不到「善意的謊言」的地步，但就像我前面提的那個化妝的例子，我認為這種分寸是應有的。

因為人生在世，本來就有許多場合即便有所感觸還是得多多少少裝糊塗。

不過，我活了五十二年還是一直被人批評「過於誠實」或「嘴巴愛惹禍」。

我認為凡事不用太出風頭也不必太退縮，能夠順其自然是最好，可惜往往天不從人願。人生本就無法盡如人意，有些場合或對象就是會讓你很希望能夠取得理解或諒解。這種時候，只好笨拙得丟臉地努力四處周旋。

或許講這種話很像自吹自擂，但我自認還算溫柔體貼，雖然聒噪，但通常個性還滿大方開朗。

雖然和有些人合不來，但我想對方肯定也有討厭我的種種理由，所以倒也不至於耿耿於懷或為此記恨。

別人如果發生好事，我會替那人衷心慶幸一起高興。不管自己那時運氣好壞，我都能夠樂觀地對別人的幸福感同身受。

即便遇到絕世美女或超級大富翁，我也只會興奮地想像「真好，不知這種人到底是什麼心情？哪怕只有一次機會也好，真想嘗試那種心情」，然後就繼續心滿意足地回到自己不起眼的生活。

我知道自己的個性某部分非常強烈。說來遺憾，我很清楚那和性別不相干，但也不是怨念或情念，總之我就是知道自己擁有某種執拗的、過於濃郁強烈的東西。

那有點近似要把人或狀況「看破」、「看穿」的感覺。不經意間某種東西忽然迫近眼前。就像在瞬間潛入海底一千公尺深處。

我會想：「我懂了！」「原來是這樣的人啊！」然後就滿意了。獨自恍然大悟。但我不會把自己看到的告訴別人。

仔細想想那種情緒太濃烈，恐怕會嚇到別人。

有個泛泛之交住在杜拜，陸續在臉書上貼了很多超豪華的照片，光是看著都覺得有趣。或許就是因為我完全沒有「說不定哪天自己也會去那個地方」的想法，所以才能這麼誠實地覺得有趣。

不，也不見得。或許哪天會因某種契機真的去旅遊，開心地待上一陣子。正因為無法預測，所以人生才有意思。

至少，我看了那些照片後，只會因為那些裝潢豪華宛如《一千零一夜》場景的大飯店、在沙漠騎駱駝散步、有超級大蛋糕妝點的生日派對而興奮，覺得「啊呀真開心，好想再多看幾張這種照片，希望此人常保笑容」，這樣的心情飄上天傳達給遠方的她，絕不會讓那人不幸吧。

我想，其實大家只要那樣保持平常心，對自己的生活也可以同樣喜歡。

實際上，我看到這種東西時只會充滿好奇，不會拿來和自己比較。我只覺得有趣。

這樣說或許有點極端，但成功者或身心健康的人，好像多半不會在日本的電子布告欄「2ch」那種東西上花費太多時間。

上次我看網路新聞，好萊塢女星葛妮絲・派特洛特地針對美國窮人領到的糧食補助券，研擬出那個金額內能夠吃到的菜單，建議他們購買少量的萊姆或昂貴的果醋，實行幾近斷食的素食生活，結果被一大堆人批評說窮人根本買不起那麼貴的萊姆！

如果鼓起勇氣說一句，這種斤斤計較便宜或多寡的想法，才會讓人貧窮。任何自我啟發的書都這麼寫，可見應該不會錯。能夠用心品味少量簡餐的人，不知怎地其實並沒有幾個是真的窮到三餐不濟的人。有錢人之所以多半能保持健康的體態，並非因為他們去豪華餐廳大吃大喝然後再急忙上健身房。我認為是因為他們懂得管理身體健康與時間，所以才能致富。希望大家好好思考這點。不是為了和人比較，而是為了自己。為了自己的身體（我自己是個胖子，所以講這種話好像沒啥說服力）。

我的個性說好聽點是為人善良，說難聽點是真的很傻很天真，正因為我是這樣的人，所以即使有時毛毛躁躁，有時犯蠢，有時輕浮只看表面或者不肯聽話，我還是打從心底相信基本上自己應該不會招人記恨。

我現在覺得年輕時能夠堅信這點的自己真的很可愛。

但在我知名度上升後，頓時出現很多人批評我「光是存在就很礙眼」、「如果沒有吉本就天下太平了」，甚至還經常聽見「正因為她誠實說出實話，所以才讓人不爽」這樣的意見。

到此地步我已經無能為力，只能自己看開點就算了。

曾經，我明明幾乎從未和那個人相處過，卻遭對方指控「都是因為妳每天詛咒我害我工作不順，電腦也壞了，周遭的親友也病倒了」。

而且那個人還撰文公開宣揚此事。

我看到一半還懷疑「這該不會是在影射我？應該不可能吧？」簡直一頭霧水。

我可無法連無意識的部分都負責，那人既然打從心底這麼想，那麼對那個人而言大概真是如此，所以我無話可說——雖然我只能這麼想，但真的超～難過。

如果真有那麼一丁點心虛，我可以坦白承認也不介意，但真的沒有。就算殺了我我也只有善意。

或許我有點過度疲勞，導致有時對人的態度不夠客氣或是過於粗枝大葉，但我深愛我的人生。

每天醒來我都對生命充滿感激，一如感激上蒼。

能夠有人真的理解我（雖然僅有數人），還能有抱著同樣想法在各自的工作崗位奮鬥的夥伴，我很滿足。

當然有時也會和那些人起爭執，但是經過長談、互訴真情後幾乎都在數日之內就可解決，所以關係非常穩定。

到目前為止的人生雖然歷經種種波折，卻從來沒有被這麼嚴重誤會過。

但我多少可以理解。有一種人，只要跟我在一起，內心的某些東西就會暴露，似乎讓那人很難受。

那絕非因為我有多麼偉大，好像是因為我太表裡如一，不知不覺扮演了鏡子的角色。

於是，那人就把像懷恨父母或朋友那樣濃烈的情緒投影到我身上怨恨我。

正因為人生發生過太多次這種事，與其說受傷，我現在只想埋頭做自己的事。

同時我也發現，有些人就是不想讓人看到內心的素顏，一旦被人看到就會惱羞成怒，而且這樣的人絕對不少。

我尊敬的「大哥」丸尾孝俊先生這麼說過：

「自己獨處時和在人前表現的落差可以消弭至極限，至少應該盡量縮短差距。」

以前，我認為絕對辦不到。但我漸漸開始理解了。重新回想我年輕時只顧著粉飾自我，刻意抬頭挺胸面對他人（如果地上有洞真想羞愧地鑽進去）的那段歲月，勉強行事到頭來果然還是不會有任何結果。大抵上，如果彼此的生活模式處於不同的階層，過日子的方法自然不同，所以最後也不可能結為好友。那不是貧富差距的問題，是價值觀的問題。

例如，表與裡，真心話與打官腔，對外的臉孔和對內的臉孔，只有自家人知道的八卦。想必有人想活在這種遊戲規則中，把人生當成那種遊戲的確也是一種生活方式。但我不是那種人。

看開之後漸漸減少那些包袱，結果就越來越自由了。

自從發生前述那起驚愕的事件後，我就不太在意他人，盡量做自己喜歡的事，朝這個方向小範圍移動。

我對那個人毫無恨意。但我只希望那人能夠盡快忘記我。

我只回憶在我們共度的少數時間中，那些快樂的、溫柔的回憶，以及那人可愛的身影與開朗的笑容。我感謝我們共度的快樂時光，願那人幸福。這就是我唯一的感想。

年紀越大就越像歐巴桑，變得很厚臉皮，對許多事情都不再在意。只顧著盤算今天的午茶點心吃什麼，甚五郎煎餅？不，那個好像已經吃掉了，還是吃銅鑼燒吧！認真考慮這類事情時，真的就把往事前塵忘記了。

愚笨如我，卻熱愛思考。

如果和他人在生存方式、思考方式上有差異，就算是為了思考那個差異，我也想了解那個人的想法形式。

世間不可能全都是絢麗彩虹。

正因為有正反兩極的意見，才能在多樣性之中產生奇蹟。

不過，也有許多人只要觸及自己不喜歡的意見就抱怨「吃虧了」，氣得跳腳。

和那種彼此完全無意溝通的人們共度的無意義的艱難時光中，唯一支持我的，就是告訴我「妳讓我得到救贖」、「妳是我的救命恩人」的那些人。

正因為有那種人存在，我才能夠堅持這份或許其實並不太適合我的工作。

我只能盡量幫助我有責任的人得到幸福。一個人能做的並不多。我無法連他人都負責。而且我只會寫作。如果實際見面就會發現我只是個嘴巴很笨、肚子很大的歐巴桑，什麼都做不到。

每個人各有適合的世界，不必勉強湊在一起。

人心最重要的或許就是這樣產生的豐饒空隙。

正因為有空隙，人們才會有種種發現，找到心靈力量的祕密。

但當權者之中肯定有人不願讓那種祕密被發現，他們盡可能讓人心忙碌，剝奪大家的時間，令人無法深入思考，而我們就在這樣的運作系統中被養大。

唯一的抵抗之道，就是在經濟上不富裕也無妨，只要好好工作按時繳稅，在腦中的自由世界深深泅泳。

那裡有星空，有茂盛綠意和草木清香，有乾淨的空氣和冰涼的風，有無垠的大海，彷彿可以永遠活著。只要我們願意，每天都可以進入那樣的世界。

過於樂觀的性子，雖會讓旁人煩躁，反之也可拯救某人的人生。

我已過了躁動的青春期，也經歷過許多無法寫出來的陰暗痛苦，但我想我一直努力開朗地活著。我總是有點樂天，喜歡美食，個性悠哉。大概就是那種個性讓我得以歷經種種悲慘過往後還能倖存。

我是為了把自己的想法慢慢花時間錘鍊，以及盡可能慢慢品味靈光乍現的靈感而生，不是為了蠅營狗苟或撇開自己忙著救人而生。

雖然只是大咧咧地盡情過自己的人生，不知不覺倒讓周遭的人也變得比較有活力。我但願是那樣。雖然現在距離那個境界還遠，至少在一點一點慢慢接近。

還有一點。

樂天派的人遇到樂天派的人就會立刻明白。

樂天派的人因為個性使然向來有點孤獨，所以遇到同類很開心，樂天的程度倍增。

現實生活中真的發生困難時，過於樂天的人往往只是動嘴巴或者忙自己的事都忙不過來了，實際上或許不大可能互相幫助。但是那種鼓勵會強烈傳達給樂天派的夥伴，激發夥伴的幹勁。

實際解決事情時，能夠幫忙的多半是個性篤實不太說出預期心理，埋頭苦幹的那種人。

不過，那種角色分擔才是人類最美的風景。

樂天派的人只要扮演好自己的角色即可。

埋頭苦幹型的人即便覺得「那些樂天的傻瓜又在大呼小叫」，有時也會因為樂天派的人能夠發現自己的優點加以鼓勵而得到力量。這或許就是美好世界取得平衡的生存之道。

最重要的是別被「上進心」這種東西蠱惑，隨便插手自己的角色以外的事情。自己能做的，縱使有點艱難時也盡力去完成，這樣或許更好？

3 鶴光 all night Nippon：落語家笑福亭鶴光自一九七四至一九八五年主持的深夜廣播節目。

4 崛江貴文：日本知名入口網站「活力門」（Livedoor）前總經理。因貌似哆啦A夢（Doraemon），被暱稱為Horiemon。後因違反證交法遭到逮捕入獄。

每年開花的西番蓮

諸神齊聚一堂（連長頸鹿也有）

今日小語

產後每天頭暈目眩，我只好去醫院做檢查，這才發現有重度貧血。能夠及時發現病因當然是好事，問題是之後，明明是因為貧血才去看病，結果每次檢查都要抽四管血，讓我忍不住懷疑，這究竟是何道理？

後來為了治療貧血喝的鐵劑太強烈造成胃穿孔，胃部大量出血時我也在想，「這好像有點本末倒置吧？」之後又為了治療胃穿孔吃胃藥照胃鏡，這樣合理嗎？我心想，這樣下去簡直是以病養病，真的變成病人了。

於是我停止去醫院，轉而大量使用鐵壺、鐵製平底鍋、鐵蛋等等，保持充足睡眠，喝尿實在辦不到就退而求其次改為舔尿，還吃中藥、定期針灸，等到終於完全康復時，我覺得自己有生以來第一次和身體成為好友。

當時那種「雖然花了很多時間卻有了自信」的感覺，我想好好珍惜。

但是，我當然沒有否定西醫，我想還是要依個人狀況而定。

附帶一提，去那家醫院最有趣的，就是護理師對在旁等候的某個看似小老闆的人說，「你的血糖相當高，所以要再測一次空腹時的血糖。請你不要吃午餐，稍等一會。」那人聽了立刻扭著身子說，「啊～討厭，那樣人家會肚子餓耶！」

這位先生，你不就是因為血糖飆太高才來醫院嗎？居然可以依賴別人到這種地步！我不禁噗哧一笑。為了掩飾笑聲急忙乾咳兩下。

光是能夠做血液檢查和看到這場好戲，我認為，提供那麼多血已值回票價。

公公家大雜燴的神壇！

小魚腥草
有寶寶的生活

那麼柔弱無助的小身體，一不小心摔到就可能破裂的柔軟頭顱。
為了避免小手指抓握尖物，小嘴吃到髒東西，帶寶寶出門時總是繃緊神經。
每天都好像在拚命。

我自認一直在保護寶寶，所以總是努力思考瑣碎的細節。
開關房門時，下樓梯時，心中總有防衛的暴風呼嘯。
可是，睡得太熟就會不小心忘記寶寶的存在，自己累壞時就會有點粗魯地套上木屐隨手撈起寶寶。

今天又彼此平安無事地度過了一天呢。
我每天都這麼想。

身體就像整天都在運動般疲憊不堪。

那種疲憊談不上神清氣爽，因為神經繃得太緊。

明明已經如此徹底地保護這個小生命了，可是看到寶寶躺在漆黑的房間睡覺竟突然忐忑不安。

為什麼？過去好像一直有某種偉大的溫柔，伴隨我一起醒來度過一天。

而且一直有某種東西在守護我。

在一天之中愛我勝於任何事物。

遠比我更偉大的龐然大物已然睡著。自己卻只是變得越來越軟弱渺小複雜。

我每每有這種感覺。

不思芭娜

悲傷的女浴池

我沒有結婚卻有伴侶（接下來會簡化種種要素一律稱為丈夫），和他生了一個孩子，而他的父親（以下稱為公公）今年八十九歲依然健在。公公在關東地區某個城市過著豪放的鰥夫獨居生活。

我非常喜歡公公。

在我認識丈夫之前的交往對象，有個非常開朗快活的大家庭。一家人總是笑聲不絕。他們熱愛吃東西，總是很熱鬧，大家聊到深夜，每天一起吃媽媽烹調的美味家常菜。全家感情融洽，經常一起出遠門。

我的家人雖然都是好人，卻不是那種生活模式，所以我完全不瞭解普通家庭的幸福。是那些人讓我的人生第一次擁有那種幸福時光，所以至今我仍然非常感激他們一家人。

遇到現在的丈夫後，不得不和那群快樂的人們道別，讓我很難過。

臨時決定去公公獨居（婆婆早已過世，所以家中毫無女人味）的家中作客時，「前後任男友的老家」彼此之間的色彩差異之大，讓我相當沮喪。

公公家無論是那種靜謐，或是晚餐時滴酒不沾，乃至早睡早起的生活，都讓我很不適應。

我是在秉持「有事沒事先搞個派對再說！」這種徹底享樂主義的家庭長大的，而且也已習慣前任男友的家人那種熱情的歡迎。

然而，相處久了之後，我漸漸感受到這位沉默的父親有趣和美好的品格。

迄今我仍完全無意否定我深愛過的那個熱鬧的大家族。只是，我認為那種熱鬧終究是為了排遣人生的悲哀與虛無，以及對疾病的恐懼吧。

公公身上，完全沒有「排遣」這種概念。

就連愛妻過世的悲痛都不需排遣，他只是就這麼懷抱悲痛照常過日子，非常堅強。

他只是與等身大的人生素面相對。那種無畏無懼的強悍，讓我漸漸覺得比任何人都可靠。

我們每月會去看一次公公。

雖不知公公今後是否需要我照護（懶惰的我八成做不到，所以我想應該不會），至少不能讓他寂寞，就算減少工作也要繼續去看他。我決定把這個當成自己至少能做到的事。完全沒有排斥或厭煩，算是我這個無用甚至不算正式媳婦的廢人唯一的驕傲。

如果不管公公，他幾乎壓根不想洗澡。他認為洗澡對身體不好。他甚至在餐飲店大聲說「我好歹還有擦洗胳肢窩和屁股啦」！

所以為了讓公公偶爾泡個澡，我們會一起去洗溫泉。

對於想懶洋洋泡溫泉的我而言，起先還因為有公公同行就算想懶散地盡情泡溫泉或是喝點小酒、半夜吃洋芋片、敞開浴衣前襟呼呼大睡也做不到而覺得拘束不自在，但和公公在一起這件事本身漸漸變成目的。後來即使在公公眼前也能像平日一樣懶懶散散了。

公公生於昭和初年，卻能夠容忍我露出肚皮鼾聲大作地躺在地板上睡覺，我認為他心胸真的非常開闊。他完全沒有那種內心不滿的樣子，還悄悄替我蓋被子。我假裝睡著，總是開心地感到有點幸福。

反倒是我起先動不動想幫他做家事時，我覺得他好像不太高興。或許守著自己的地盤獨居久了就會這樣子吧。

住在旅館，其他人都開開心心去男浴池了，只有我一人去女浴池。

偶爾如果有家族池，我們一家三口會半夜去泡澡，但基本上幾乎都是我一個人去女浴池。

走進女生這邊的露天池，就會聽見祖孫三人愉快的聲音從男生的露天池那邊傳來。

小孩到了可以泡男浴池的年紀已經是一個獨立的個體。起初會有種剛剛還抱在懷裡的小孩突然消失只剩下我孤伶伶的落寞。孩子還小的時候，很奇妙的是，只要母子倆稍微拉開一點距離，皮膚表面就會火辣辣刺痛，彼此都有身體緊密相連之感。

小孩出生時，我父親已經無法走路。一起出門時都是坐輪椅，也幾乎無法一同旅行了。我的父母都過世後幸好還有公公在，這種喜悅越來越強烈。兒子能夠與祖父共度，公公也對我很親切，真的很幸福。我父母的喪禮公公都特地遠道而來。我高興得幾乎想抱住公公嚎啕大哭。每次我都在想，可以安心了，幸好還有這個人活著。

所以，聽到男浴池傳來他們的笑鬧聲，我就特別開心特別幸福，不由得熱淚盈眶。

有一次，我真的哭出來，一同待在女浴池的女客們雖不明白發生什麼事，卻都把我當成可憐人，還用關懷的眼神看我。

跨越一個世代的對話中，光是他們祖孫三代重疊的聲音就有種奇蹟般的美妙味道。那一刻，我嘗到幾乎暈眩的幸福感。

孩子和公公，以及我與公公相處的每一瞬間都彷彿寶物，那絕非因為時間已所剩無幾。明明就是一如既往，照樣懶散過日子，只因為有公公在便特別安心，好像可以不用再去管這世上種種的可怕和不安。

公公的生活方式實在太乾淨俐落，不管有沒有結束的那天，都讓我得以確信，我們同樣被這存在的偉大所保護。

個性頑固怕寂寞又怕生的我，接觸到公公異常普通且理所當然的生活方式後，不再刻意塑造自我。

不安與恐怖的力量，無法消滅幸福。幸福擁有永恆的生命。

卡布里島盛開的九重葛

試行

今日小語

能夠盡情在屬於自己的媒體自由書寫，把真心話（就某種角度而言）坦白說出來，仔細想想，父親在自己發行的同人誌上就已經這麼做過。在他那個年代，收稿校正印刷接訂單寄送全部都是靠自己和義工處理，所以母親非常辛苦，出刊的時候，走廊堆滿了等待寄出的《試行》（那本雜誌的名字），因此我當時年紀雖小卻也感受到出版書籍真不容易。

或許就是因為這樣，現在我才不敢大搖大擺地把腳對著替我處理那些工作的出版社人員睡覺！

父親刊載在那本雜誌上發言真的非常偏激，暢所欲言地指名道姓罵別人是笨蛋，我心想，這樣就算惹火別人也是活該吧。

在發現這點之前，我幼小的心靈還曾想過，爸爸明明是這麼謙虛的好人為何會被人那樣深惡痛絕呢……

他說的話基本上都是正確的，所以好歹還能活著，不過話說回來，真的是越內向的人內心越偏激耶！

而且由於母親體弱多病，天天都是父親替全家做飯，結果母親坐在餐桌前還理直氣壯地大肆批評「難吃死了！」「這種東西誰吃得下去」。

在這種情況下，我姊姊還湊熱鬧說，「喂，那邊的××，幫我拿一下雜誌。」（不同領域的正直？）

或許正因為在這樣完全不懂修飾的家庭長大，我才會覺得「應該用更委婉更迂迴的方式包裝一下吧！」變得不知道該說是溫柔還是懦弱。

即便如此，我還是經常被人批評「過於直言無諱」，所以請想像一下，我到底是在什麼樣的「不加修飾的龍潭虎穴」長大的！

清楚顯現我爸媽誰強誰弱的照片

走廊堆滿的《試行》，對家人而言，實際上那背後的意義當然很沉重，但對父親而言是夢想的象徵。有人迄今仍珍藏這本雜誌。押井守導演說他以前也買過。聽這個消息時我真的好開心。

很高興能夠這樣用電子雜誌的形式繼承父親的夢想（我可沒忘記用較委婉的方式包裝）。在當今的電子時代，我懷念的是堆滿走廊的嶄新紙張的氣息，是封面光滑的觸感。《試行》的封面設計也不落俗套。好像是舅舅設計的。

小魚腥草

沒想到那一刻這麼早就來臨

是什麼時候離開的呢。

記得就在不久以前，明明還一直握著那隻小手。

完全沒有片刻獨處。有生以來我第一次不再

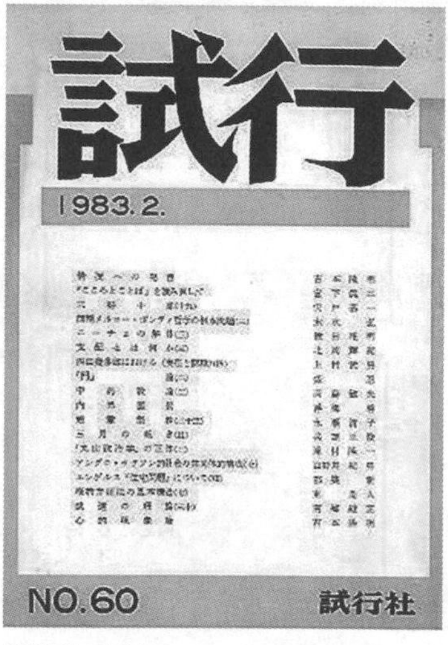

《試行》的封面

孤獨。

從小即便是和家人或情人在一起，我總是很寂寞，可唯獨這段期間我不再寂寞。

一起吃東西一起弄髒，就這樣一起在地板睡著。

分享溫熱的身體觸感，猶如巢中的小動物。

地板的觸感很噁心，好像被太多事情搞得疲憊不堪已經什麼都無所謂。到處都散落各種雜物。明明剛剛才做完那個可是已經不得不做這個了。

明明還在那樣抱怨，可是一心那樣思考之際。

忽然就變得孤伶伶。

不知何時開始傍晚茫茫然獨自去買菜。

直到不久前還在想，只不過是買點胡蘿蔔和麵包火腿，為什麼不能一個人出門速戰速決？

家中有幼兒，簡直太不方便了。

……不久前不是還為此心浮氣躁嗎？

不知幾時卻只剩我一人了。踽踽走在傍晚的街頭。不用再去留意任何人也不用盯著，不再和任何人手牽手。我只和我自己同行。

真的是轉眼之間。

如果當日重現，我會陪伴年幼的孩子永不出門。

只是微笑看著那孩子的小臉。

基於這種念頭，所以我很愛和別人家的小孩玩。

因為我想，如果用別的小珠子填補無法挽回的時光，對於當日我的不耐煩、不專心、焦慮、一心只嚮往孩子小臉以外的東西與此刻不在眼前的東西的無知時代，或許就不會這麼後悔了。

寂寞得幾乎落淚，很想去跟當日的那孩子道歉。

因為如今就算向那孩子道歉，他也只會說「是喔，隨便啦」。

兒子畫的睡相很差的我

不思芭娜
奇景與奧客媽媽

有一次，（基於前面的不思芭娜「悲傷的女浴池」提到的理由）又和我公公一起去溫泉區旅行，住在某家旅館。我們被帶進的狹小房間中央，有個巨大的陽臺。

臥室被四床被子塞滿，房間狹小得要去上廁所時甚至必須踩過別人的被子。放電視的房間也只要四人坐下就塞滿了，如果有誰想動一下，大家甚至必須忙著搬動椅子。

房間沒有浴室。

而且那個房間裡，堪稱最大空間也不為過的居然是外面的陽臺，陽臺還放了幾張大椅子。

「其實你們本來想把這裡做成露天浴池，可是最近這邊溫泉水量也不足是吧？」

公公大聲地問著替我們做客房服務的男孩子，我和丈夫在旁邊拚命憋住笑意。

「那是陽臺。可以坐著休息。」

客房服務的男孩子認真回答。

我在心裡回嗆：「現在可是冬天耶！」

然後他說：

「大浴池在一樓。另外，關於那個大浴池，晚間十點至十二點是包場時段，今天已經被預約客滿，所以你們幾位今天不能去泡溫泉。」

我以為他在開玩笑，但他一本正經。

這家小旅館只能容納六組客人住宿，為什麼會有這麼不可思議的時間設定，我實在搞不懂。不過就一般想法，來到「房間沒有個人浴池」的溫泉旅館，怎麼想都不可能有人晚間十點至十二點不去泡溫泉。

至少該事前通知我們，而且大家都付了同樣的住宿費，卻規定「晚上有人能泡溫泉有人不能去」，這實在太不可思議了。

「啊～（是音調拖得相當長相當有涵義的那種啊～）那就沒辦法了。對了，你們這邊的酒吧開到幾點？」我問。

「酒吧也是採預約制。」男服務員回答。

附帶一提，我沒打電話，抱著碰運氣的心態直接過去一看，酒吧倒是可以進去，但是只能容納五人。

每次都這樣說，聽起來好像在狡辯，但我真的不是在抱怨。也不是非要弄出什麼是非曲直。

我只是滿心感到不可思議！我想獵取這種不可思議！

我深深感到，經過層層轉述逐漸扭曲後，當事人自己已經不明白有多麼偏離本質了……本來是因應客人的需求才定出這些細則，結果漸漸在不知不覺中偏離了「溫泉旅館應該是怎樣的地方」（那是在自己高興的時候可以反覆泡上好幾遍溫泉，不用自己煮飯，脫離日常工作的休閒場所），或者「溫泉旅館的酒吧應該是怎樣的地方」（那是在自己高興的時候泡溫泉，興致來時就去坐一下喝杯小酒的場所，可以穿著浴衣坐在吧檯前）。

雖然有些場合的確變得更合理舒適，但也有像我遇到的這樣古怪的例子。

年紀漸長，就代表自己有權選擇不再去不合適的地方。徜若已經置身在那種場合，那就只能享受。我想工作人員一定打從心底認為「我們已經配合客人的各種需求漸漸打造出很好的服務系統了」。

無奈之下只好傍晚就去泡溫泉，結果發現浴室有架子，上面放了幾本「用防水材質做成的書」。是《木偶奇遇記》和夏目漱石的《少爺》這種安全題材。

旅館的人一定是在腦中想像「躺在溫泉中看書這個嘗試或許不錯」，然後就覺得這是好主意吧。

肯定也有認真的客人在腦中想像「這個點子或許不錯」，於是從架上挑選一本書，試著泡在溫泉中閱讀，但不管怎麼想都只會泡得頭暈眼花，根本看不下去吧。

「在腦中想像，覺得是好主意」，這種情形通常只會漸漸偏離本質。

這時我終於恍然大悟。

原來這裡欠缺了某人的強烈想像力，以及讓人想要實現那種想像的強烈引力。

有間住宿設施「天空之森」[5*]非常與眾不同，而且收費很昂貴。基本上完全見不到其他客人，只是在遼闊的山中渡過一晚。

我收集寫作資料時訪問過社長，所以曾在那裡待過半天，感覺非常棒。

那裡的一切都非常和諧。不是空有企劃卻欠缺執行力，也不會強迫推銷價值觀。也沒有因為收費昂貴就對客人的任性要求百依百順。

那麼，那裡到底有什麼？為什麼會讓人感到一切都很和諧？

首先，那裡有願景。不是許多人在腦中想像出來的，只是把社長（那座山的主人）腦中的世界映現在現世。那個世界如果沒有連細節都一一設想，真的會變得歪七扭八，可是社長全都想到了。

我試著從各種角度發問。他的願景始終很清晰。比方說這種時候想要這樣，如果出現這種情況希望是這樣，這種給人的感覺或許不太好……

我忽然有個問題非問不可。

「廁所的牌子為何選這個？」我試問。

「因為只有這家有好東西。」他說。

「我想也是，我家的廁所馬桶是房子本身配備的，是某某牌子，可是清潔起來很不方便，也不大好用，等我存夠了錢我想換掉。」我說。

「那妳絕對該換掉比較好喔！因為人生之中待在廁所的時間很長。妳會發現那種細節其實影響非常大。那幾十萬圓具有什麼樣的意義，以後妳就會明白了。先試著換掉吧！藉由更動細節得到的發現真的很重要。」他說。

他傾身向前，誠懇地直視我的雙眼。那絕對不是要強迫推銷，而是人們想告訴別人大事時的神情。

我忽然好感動，啊啊，一切都要先看人心的力量，果然得有願景，想像力可以開拓這個世界。少了那個，就會偏離本質。

所以住在那個有不可思議規定的旅館當晚，我們無法泡溫泉，就和公公一起看報導紀錄片。

節目播出希特勒和集中營的可怕景象。透過影像，讓我對過去只透過書本知識自以為瞭解的事有了更深刻的體認。

戰爭結束時，一般德國市民被規定親眼目睹關閉前的集中營。集中營內的猶太人依然瘦骨嶙峋赤身裸體，遺體堆積如山，還有無數可怕的人體實驗公然展出，德國人民哭著，或是暈厥、癱軟地走過。

「對不起，我從來不知道。」當德國人這麼說時，猶太人說，「不，你們早就知道。」

伴隨影像看到的那句話，想必會終生銘記在心。

公公曾去過戰時的中國東北，日本戰敗後也曾被俄國人欺負，和中國人一起工作，他是親身經歷過戰爭的人。和這樣的人一起看二次世界大戰的紀錄片讓我深感不可思議。

現在回想起來我甚至慶幸那天沒有泡溫泉。因為我們並肩看到終戰情景，那段時光異常珍貴。

翌晨痛快泡澡後，雖然覺得不可能再來這家旅館，但我還是想寫一下感想，於是在顧客意見表上用非常委婉的方式寫道：「對於包場時段無法泡溫泉的客人，應該給予優惠價格，或是事前告知『是否要預約包場？』，否則客人不知道有這回事，根本沒想到來溫泉旅館竟然無法在睡前泡澡，只能帶著火鍋的氣味就寢，這樣未免太可悲。」

結果我兒子在旁伸長脖子偷看，喜孜孜說：「媽媽是標準的奧客耶！」讓我很難為情。

甚至不是因為希望對方越來越好，也不是出於正義感，更不是因為已默默決定再也不來光顧所以有點愧疚，那我幹嘛要填寫意見表？

想必就算這家旅館多少有點奇妙，「用大腦想像覺得這主意很好」的人，還是會在訂房時就提早預約將浴池包場然後一再光顧吧。而旅館繼續經營。我們再也不去。就此分道揚鑣。

就現實看來這樣不就好了嗎？

感覺上好像只是因為「太不可思議」、「太奇妙」，這其中好像有某種本質性的東西，所以我還是決定留下意見一吐為快。

按照我的猜想，在這個國家，這種奇妙的現象今後肯定會不斷增加，甚至不再顯得奇妙。

屆時我該逃往何處，或者，該以什麼態度生存，我想這是個必須審慎思考的問題。

5 ＊天空之森：鹿兒島縣霧島市牧園町宿窪田市來迫三三八九，電話：〇九九五—七六—〇七七七。

相當罕有的合唱照片

心有偶像船梨精！

今日小語談梨子！

看到船梨精[6]大喊一聲「呦呵！」出現在武道館中央，大家激動得又哭又叫時，我心想，好像有幸見證了某種歷史性的重大場面呢！

不知道該說是前衛藝術還是無政府狀態，還是超現實主義……

而且我已經淚流滿面了。我終於親眼見到船梨精！真是太幸福了！

這是船梨精活生生載歌載舞的奇蹟。演出內容完全沒有偷工

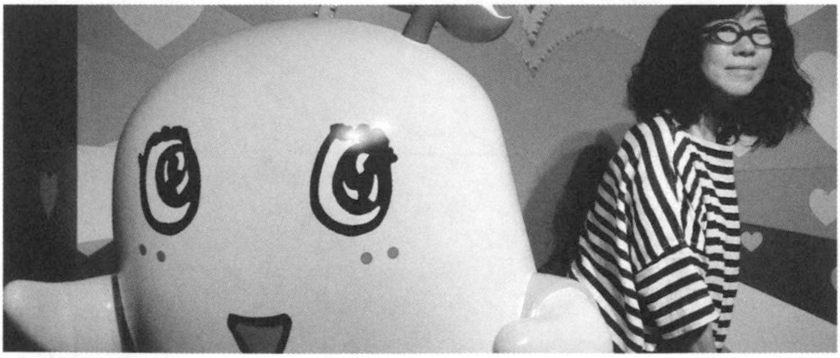

在巴爾可的活動上和船梨精合照

減料，還有音樂人高見澤先生和搖滾樂團氣志團，以及多位來賓一同登場（近距離看到女明星沙也加超可愛）。

那個空間籠罩在空前的溫暖中。

管他是什麼人扮演的，總之身為粉絲的我們超喜歡船梨精！

憑著一身就真正意義而言，充滿正能量的俏皮表演和卓越的身體能力，不斷發出信息的現代的奇蹟梨子啊。

你真是偉大的梨子！

想當年我的初戀對象就是卡通《小鬼Q太郎》裡的妖怪杜倫帕，所以我深受那種奇妙生物吸引是有理由和淵源的。

音樂家兼作家菊地成孔先生甚至這樣分析我：「我懂了，像《小鬼Q太郎》的主角Q太郎那樣兩腳分開就不行，妳喜歡的是像船梨精和杜倫帕這樣連雙腳都黏在一起的形狀！」

小孩：「媽媽加油！快去拜託工作人員讓妳去後臺。」

我：「不行，人家都那麼累了，打擾人家多不好意思，不用了啦。」
丈夫：「對呀，那個人都快熱死了，八成只想趕快脫下那身布偶裝吧？」
……咦，是這樣嗎？

在船橋的梨園——
梨園的人：「啊啊……那個……呃，那位很忙碌，不是我們一喊就會過來喔。除非他想來的時候才會順路過來。」
在船橋的壽司店——
老闆：「那個……呃，梨子啊，他沒來過我們店裡喔，他朋友會來啦。他住在更遠的那頭。」
客人：「呃，嗯，沒錯。還要再過去一點。靠近公園那裡。」
當地居民也熱情地保護他！
全身掛滿周邊商品的「梨友」們看起來簡直像宗教集會，藍黃兩色擠爆了武道館周圍。

那些人不只有年輕人，也有外表看起來很寂寞好像過著獨居生活的大叔，以及感覺上走這趟很辛苦的老太太，一家大小，坐輪椅的人。硬要說的話，就像公路休息站那樣擁有各個階層的客源。不過可以深深感到，如此多樣化的日本人，每天仰賴船梨精的存在活下去，可以痛切感受到這是大家唯一的共同點，而且大家一樣認真，所以讓我非常感動。

聽到丈夫說，「這場活動比我想像中更好。我發現船梨精的確是某種特別的存在。」時，我看著周遭許許多多把船梨精當成精神支柱的人們衷心的笑容，不禁又流下幾滴眼淚。

軟綿綿的船橋
那年夏天

同一個城市來過幾次後，會漸漸愛上那個城市。
更何況是去那個城市的居民家中，會覺得自己好像也住在那裡。

船橋的風總是帶有海潮的氣息。

因為是去收集資料，我常常抱著自己是主角的心情眺望街景。

想像故事裡主角那種悲傷、惆悵、拚命努力、如果不打起精神好像就會崩潰的心情。

主角去車站大樓的地下超市時，目睹甩掉自己的前男友和新歡在一起。而自己置身在幸福的一家大小及下班後輕鬆挑選食品的上班族之間，好像只有自己突然被吸進另一個悲慘世界。

那瞬間，從她眼中看到的食材全都很悲傷。主角哭著購買蝦子和牛奶。跟隨主角那樣的行程，連我都快哭了。

為了主角和繭居族的好友吃壽司的那一幕，我在壽司店思考他們的座位。他們都很內向，所以肯定坐在角落。這樣的話，吧檯裡面看起來應該是這樣的。

那是身體也有障礙整天窩在家中不想外出的好友，因為看到主角流淚才努力克服心理障礙走出門的那一幕。

我在想，擁有好朋友真好。

全部資料收集完畢時，我從船橋換乘電車回到我住處的那一站。彷彿離開家鄉，彷彿與人訣別，心裡空落落的。

正是夏天即將遠去的時節。風中開始摻雜一點點秋日氣息。但是，天空仍浮現積雨雲，從車站一路走來，只見我家巨大的荷葉正隨風搖曳迎接我。

我心想，結束了。

最幸福的，是去市場之後在河邊漫長的步道散步順路去友人家作客，吃到成堆的玉米當點心。

走累的我第一次去那戶人家時，聽著我的助理和那家的小朋友嬉鬧的聲音就這樣睡著了。

醒來時，友人充滿母愛的溫柔背影正在忙碌，我的助理和小朋友還在玩。桌上依然堆滿金黃美麗的玉米。

彷彿時間完全沒流逝，就此停駐。

我的睡意徹底消除，世界看起來截然不同，異常耀眼。

醒來的那一刻，我是幸福的。

窗外那棵曾被我當成桐樹寫進小說中的樹，正簌簌晃動美麗的葉片。

好久沒有如此安心地午睡了，真想當這家的小孩。

雖然明知道這家的媽媽也有許多煩惱，為了撫養小孩和過生活也有種種辛酸，經常掉眼淚。

我只是忽然很想像小孩一樣說，媽媽——媽媽什麼煩惱都沒有對吧，媽媽會永遠陪伴在我身旁吧。

不思芭娜
裝模作樣的人們

我曾住過美國某個鄉下的飯店。

那是非常有名的飯店，來到當地的名人或演藝明星都只能住那裡（換言之，其他旅館全都像民宿），算是高級飯店。

因為難得有機會去當地，我想至少要住一次，於是咬牙掏錢住了兩晚。

飯店真的很棒。總之所有的設備都昂貴得嚇人。從高及天花板的敞開的美麗窗子可眺望群山，還可坐在軟綿綿的椅子邊喝飲料邊欣賞美麗的朝陽和夕陽。

客房裝潢應該是所謂的墨西哥鄉村風格，簡潔高雅，漂亮得讓人很想就此定居，尤其是連洗手間的天窗採光都計算在內的美景更令人難忘。早上會有放在籃子裡的鮮果汁擱在房門前。

但也不全然是走高貴路線，也有洗衣房可以自己清洗登山健行後的髒衣服，駕駛電動小車的員工也會隨和開朗地主動搭話，感覺非常好。

我暗自讚嘆當真不愧是知名飯店，但唯有一件事很好笑。

那家飯店大概是因為有很多導演、製作人、男女演員都會來投宿，在早餐餐廳工作的人都是超級俊男美女，大家都希望被星探發掘，所以隨時隨地都刻意擺出非常漂亮的姿勢。

他們真的像漫畫一樣擺出模特兒的站姿，若無其事地只負責送來杯子和水果這類輕巧的東西，並且露出無辜的微笑。

他們完全不想工作，只是竭盡全力把自己的美貌展現給別人。

由於都是身材出眾年輕貌美的帥哥美女，我也忍不住一直盯著看。

他們真的是好看到讓人衷心覺得他們只要這樣負責擺姿勢就行了。

對他們說話，他們會恭敬回答：「好的，夫人。」然後點點頭一去不回就此把我說的話拋在腦後，再不然就是只會對我露出非常美麗無辜的笑容。

像我們這種不管怎麼看都不可能和演藝圈有關的日本家族，已經被他們無視了。

我只好自己拿起水壺去廚房。

膚色微黑的大叔說，「噢，客人怎麼會來這裡？」我只好把水壺給他看示意沒水了。

「那真是不好意思，我馬上替妳裝。」

只等了三十秒就替我裝滿熱開水。

我不禁鬆了一口氣。

那樣整天端著架子，真的會因為過人的美貌被星探挖掘嗎？這世間真有如此單純？抑或，他們是所謂的顏值擔當，負責妝點門面，薪水另計？

我只待了兩天，所以無法觀察得那麼深入，但我非常好奇。

好萊塢或紐約的勞勃狄尼洛的餐廳可能也有同樣情形。

於是我恍然大悟。

我懂了，大部分的人在美貌或金錢上追求的，就是那種端架子的狀態吧！

是我自己太缺乏那種追求，所以孤陋寡聞。

但是如果真的想變成那樣，體型可以努力雕塑，先試著從徹底端架子（即使沒有出色的容貌）認真嘗試的話，我想應該可以在某種程度實現理想。

此外，如果擁有那種不做任何努力也會成為模特兒或藝人的出眾外貌，我想應該不會為了爭取出鏡的機會去做那種兼差。如果沒有那種在高級場所打工被發掘的外貌條件，恐怕很困難。

那麼漂亮、如夢似幻的飯店，彷彿會出現在大來國際信用卡發行的月刊封面。

可以讓人安心放鬆，尤其是房間的洗手間裝潢我超愛，簡直永生難忘（天窗偶爾會有各種葉片落在上面，投影在地板，這點也很迷人）。之前住宿便宜的最佳西方（Best Western）連鎖飯店，大家都敞開房門聊天，門旁永遠有迷迭香的花朵怒放，眼前是遼闊的褐色山脈，陽臺總有人懷著各種想法出現，然後立刻對上眼互道一聲「嗨」，總之充滿蕪雜的開放感，就好像和住家附近每天去的餐廳的男服務生或老闆娘逐漸熟悉，那種感覺也不賴。能夠同時觀察到這兩種，我想正是旅行的醍醐味。

6 船梨精：日本千葉縣船橋市的可愛吉祥物，黃色的梨形身體穿藍衣。二〇一三年起知名度暴漲，不僅出席全國各種活動，甚至推出唱片在武道館舉辦演唱會。

關於下北澤

今日小語

我家附近有很多美味的咖啡店。

今天想喝淺烘焙的咖啡，或者這個天氣只想喝深烘焙的冰咖啡，要去這個方向買菜正好順路，今天想多坐一會，或者想買咖啡豆送人所以選擇包裝較可愛的這家，很想念那家咖啡店的老闆……總之每天買菜時可以順便根據當時心情做各種選擇，簡直是夢幻生活。

我記得我從小學時就夢想這種生活了。

當時我心想，「現在雖然還不懂咖啡的美味，但是如果能住在

丈夫煮的堪稱天才的冰咖啡

有各式各樣的咖啡店，而且可以坐在店裡工作或喝咖啡的地方該有多好啊。」

我猜我那時想像的地方就年代而言八成是吉祥寺。

雖然現實生活無法住在吉祥寺，但我現在的確來到一個可以理所當然地喝咖啡和根據心情選擇味道的地方了。

附帶一提，當時我住的千駄木也有各種美味的店家，可惜還是比不過滿街都是咖啡店的下北澤。

口渴時從 Village Vangaude 複合書店那頭走來，決定今天就選這家，於是在「墨爾本」咖啡店買杯冰咖啡，沿著商店街邊走邊喝，結果巧遇「馬爾地夫」[7*]的小哥，「啊，劈腿被發現了！」「沒事沒事，改天歡迎妳再來光臨。」當我們這樣笑著對話時，我心想，啊呀，住在這裡真幸福啊。

小魚腥草
小確幸

樓下傳來丈夫一早就在研磨咖啡豆的聲音。

即便還在睡夢中，我也會感到一種小確幸。

夜貓子的我起床下樓時，家中往往已經沒人了。

不過動物們總是會立刻圍過來，所以我並不寂寞。

現在養的四隻大概會逐一減少，而且我年紀也大了，今後應該不可能再養更多動物，但我暫時還不想去考慮那個問題。

雖然照顧起來很麻煩，但至少家裡很熱鬧，我只想享受小動物們黏著我亦步亦趨的此刻。

我想這大概是我人生中家族成員最多的時期。

數目如果自然減少了，當然會很不捨，但想必也會有點解脫感。

所以我不願把這問題想得太嚴重，只想自己努力好好活著照顧大家，直到壽命自然終止的那天。

我一邊這麼想，一邊在桌上發現丈夫煮的咖啡。

裝在壺中已經有點冷了，所以乾脆用大冰塊做成冰咖啡。

那樣即便在冬天也很好喝。真的比我在任何地方喝到的都好。想到有那個咖啡，就算下午有一大堆工作也能打起精神加油。

只要住過一次醫院，想必任誰都會明白，生活其實就是靠這種小確幸支撐。我在醫院就是靠著夢想「再過一小時，就去走廊拿熱開水，用家裡帶來的茶葉泡杯濃濃的紅茶，一個人偷偷吃巧克力吧」熬過住院的痛苦。

忍不住會想，噢，再過三小時就要開始播出《大病人》了。在醫院觀賞《大病人》可是相當難得的經驗呢，等我出院了一定要打電話給交情不錯的伊丹十三導演，興致勃勃地告訴他這件事。

雖然那當下我還病歪歪，掛著吊點滴的奇怪儀器就像機器人一樣！想必就是那種心態，讓我好好活著吧。

結果還沒找到機會告訴伊丹導演那件事就與他永別了。

他一直對我很好。

某次去事務所玩，我泡茶時順手也替他泡了一杯，他非常高興，還向大家炫耀。

他明明還提醒我「妳年紀輕輕的好像結論太多」，結果他卻過早做出自己的結論。

早知如此就不該因為他是個偉大人物而怯場，要是當初自來熟地多找他說說話，主動擁抱他，和他一同歡笑就好了。

我不認為那樣就能挽救他的生命。不過，至少不會像現在這樣後悔吧。

我想起從那間公寓窗口看到的六本木後巷的冷清風景。

今生再也無緣看到。

而他逝去，我依然活著。

想必就是根據那種小小的差異和小小的判斷勉強保持平衡。

深夜在醫院觀賞的《大病人》是一齣緊張刺激的電影。

即便半夜一再爬起來，即便那不是自己的家，同一層樓的黑暗走廊那頭就有護理站的燈光，有值班的護士們在，偶爾還會來病房巡視，所以我並不寂寞。

我只祈求，伊丹導演的人生，也曾有過許多那樣並不寂寞的時光。

不思芭娜

對任何人都沒好處

第一次使用手機票券的服務，我不太懂使用方式，去商店街的某家超商想詢問一下，走近櫃臺正想開口時，店員A非常尖銳地怒吼：「按照順序排隊來！」

無奈之下只好排隊等了一會，輪到我後我問店員B。

但我唸錯票券號碼，正想重唸時，對方非常不耐煩地說：「給我看一下！」一把搶過我的手機。之後付了錢，我聽到的那句連珠炮似的「謝謝光臨」是這世上聽起來最沒誠意的謝謝。

當時櫃臺的生意並不忙，他們到底是為了什麼要趕時間到那種地步？

「為什麼那麼匆忙？」我忍不住問。（笑）

「蛤？」對方只是如此反問。反正他們就是急著趕時間，所以大概沒空聽我這種廢話吧。

如果我是身心障礙者。

如果我的視力更差，是年紀更大的老太太。

如果獨居者或自閉的繭居族因為太寂寞而出門散步，第一個接觸到的就是他們那種尖銳不耐煩的聲音。

不知道會做何感想？

這麼一想不禁有點毛骨悚然。

與其說那間超商湊巧找人代班才會那樣，我倒覺得他們一直是那種態度，店員B大概就是店長，所以他們八成晚上是想著「今天又忙了一天，唉，煩死了，累死了，我怎麼這麼倒楣」入睡。我實在不認為這世上有任何人必須迎來那麼可悲的睡眠。

嚼著口香糖毫無幹勁的店員，大聲唱歌的店員，臭著臉應付工作的店員，坐在店門口的店員，問他什麼問題都只會說「抱歉，不知道」就走掉的店員，趴在櫃臺睡覺的店員……我在世界各地見過各式各樣的店員，那樣也很有趣，所以我並不覺得全世界所有人都該滿面笑容拿出最高規格的服務態度。

但就某種角度而言我真的從未見過那麼不幸的人，所以我很同情那家超商的人。

我猜那家超商的位置好所以生意應該不錯。

但是，旗下擁有這種任何人走進去都不會愉快的店面，遲早有一天必然會影響到總公司。

或許得經過一段時間才看得出來，或許慢慢才出現影響。我想對他們的健康也會慢慢出現影響。

我認為，那種狀況太可怕了！就某種意味而言比貧窮更可怕。

據說中國人搭計程車時，如果感覺司機的氣場不對勁或是和自己氣場不合，就會毫不遲疑地下車。因為風水在那個國家依然受到重視。

我也不會特地去討厭的地方自找麻煩，所以除非迫不得已，我大概不會再去那家超商，寧可多走一段路去別家吧。自己至少還擁有這種權利，讓我大大鬆了一口氣。

當然我想多少也是因為街上不止一家超商才會那樣，所以我希望他們乾脆壞到極致成為「本地最出名的惡劣超商」！

7 ＊馬爾地夫：咖啡專賣店。東京都世田谷區北澤二之一四之七Sentral Building一樓，電話：〇三—三四一〇—六五八八。

你的名字

這裡當然不便寫得太詳細，總之，我終於看了動畫電影《你的名字》。

今日小語

我誠實地認為，既然這個國家還有這麼多人認為這部電影好，可見我們的國家還有希望。

每天隨時都在用手機搜尋，換車也要 google 一下，去任何地方都用智慧型手機……雖然這部電影出現的都是生在這種時代的

我最愛伊豆祥和的風景

年輕人，但我想，感受世界之美不分用的是哪種管道。

同時也可以感受到，導演就連我們深受那場大地震傷害，及至於黏附在心靈暗影中的汙穢都想滌淨的良好意圖。

想當年我以出版《廚房》轟轟烈烈出道（或許不該厚著臉皮自己這樣講）時，受到很多人的批判，就像這部電影一樣，被成年人們批評「徒有清澈的透明感」、「太膚淺輕浮」。當然現在也經常被批評。（笑）

不過，我認為每個時代的真實感覺沒有沉重或輕浮之分。只是，如果光靠這個感覺當作指南針，年輕人以及被壓力壓垮的大人們，想必的確會心有所感。

那種感覺如果再濃烈一點，就會失去真實感。

如果再深刻一點，就會偏離現在的心情。
就是這樣的感覺。

剛剛還在身邊的某人已經不在了。
永無重逢之日的絕望。
剛剛還牽著的手已經遙不可及。

當那種死亡氣息瀰漫在美麗的描寫中時，我們就會在無意識的世界裡描繪那場三月的大地震。並且釋放出某種東西。釋放出不是眼淚，也不是某些不安的傷痕。

我個人認為，劇中男主角的兩個朋友，不管幾歲都非常貼心，這是重點。

看完電影後看到的茅場町暮色

那個用手邊現有材料做成的三明治，好想吃吃看啊。

小魚腥草
已經足夠了

如果給這個人看這個，對方一定會出錢。
如果按照這個順序拿出來會很有效果。
下個月再訂購會更划算。
此人是當紅炸子雞，所以趁現在和對方打好關係吧。
諸如此類，長年出社會工作，所以我也會有很多這種想法。
當然也可以努力不去意識到那些。
說真的，如果不在某種程度上做出這樣的算計，根本無法做買賣，所以不知不覺我也會做出取捨，想必也在某種程度無意識地做出那樣的行為。

但總之我已不想再聽。

因為耳朵說它厭煩了，所以我想尊重耳朵。

對人誠懇表白之後立刻提出請求。

才剛道別，又來了下次（和金錢有關的）邀約。

對某人說話時非常關懷體貼，對旁邊的無名小卒全然視若無睹。

才剛輕描淡寫說有機會再一起做點好玩的事，立刻提出相當具體的計畫。

借來的DVD，比起自己想看的正片，預告片和片尾附贈（根本不想看）的兩齣戲劇加起來的時間更長。

明明強調「基於這種理由變成這樣，所以只要這樣做一定會有這種結果」，結果仔細一查，那種情形只有在一切非常非常順利時才可能出現。

一如自然的時間流逝，播下種子就會發芽長出嫩葉，然後伸展枝葉最後長成大樹開花結果，如果能夠見證這樣的時光過程的人幾乎都已滅絕了，我希望至少自己能夠盡量那樣做。

當然我也不會完全避世變成不食人間煙火的神仙。
我只想保持冷靜，仔細觀察，客氣地搖頭。

提升自我繼續走到這類話題自然遠離自己為止吧。那就是修行。
即便痛苦，即便被時代淘汰也無妨，只要是能夠通往幸福的修行就好。

不思芭娜

辛辣

芭娜子啊，妳的每篇文章是不是越來越短了？
難不成是寫作太吃力？
不不不，不是的。
只是每次都希望盡快把此刻烙印下來。

又不是只要篇幅長就一定好。
不如說我的文章越來越精簡洗鍊？

話說，我經常被人批評「說話太直接」或者「太辛辣」、「毒舌」。
每次我總是很納悶。

嚴格說來，我算是低調內斂，明明就對別人說不出狠話，往往只能自己吞苦水的類型。
可是，我已在世田谷區住了幾十年，鄰居好像也總是這麼看待我（那個人有話直說膽子很大欸，類似這樣），嗯……我有點不以為然。

在某地的常識，在別的地方往往不是常識。

日前，我去參加國中同學會，大家說話的強悍把我嚇了一跳。
「上次看到妳時妳好像懷孕了，我怕妳如果只是變胖會很尷尬，所以都不敢叫住妳！」

「你的光頭太亮了，可以當成反光板耶。」
「那傢伙的爸爸，總是喝得醉醺醺被我送回去，所以我經常幫忙照顧，不知道那傢伙跑到哪去了。」
「以前我只覺得你這傢伙上課很吵毛毛躁躁的，沒想到現在變得這麼沉穩！」
「現在我只覺得太累了好想死！」
「以前覺得你這人很噁心，現在看起來倒是意外地普通？」
「那人在賣春，她堂妹是人人都能上的公廁，現在兩者都無法取得聯絡。」
「不愧是班花，果然去當情婦了。」

總之大家的對話簡直太露骨，置身其中的自己果然算是「很低調內斂」。如果把那些不便在這裡公開的對話都寫出來，我想文字本身大概會變成另一個層級。他們講話之直白，已經到了會讓世間的電視新聞及報紙投書欄出現「遭到嚴詞批評羞憤上吊」或「講話太難聽導致懷恨在心」這類報導的地步！

搞了半天，原來不是我自己個性有問題，這是一種風土病啊！

「哇，你都沒變，簡直一點也沒變！我想要拍照給我媽看你一點都沒變，你站過去，我幫你拍。」

「我才不要為了那種理由拍照！」

「可是你真的沒變嘛，這可怪不了別人。誰叫你自己一點改變都沒有。」

「我死都不要為了那種用途拍照片！」

看到昔日死黨追著我的初戀對象到處跑，逼著人家非要拍照的樣子，啊啊，這些人以前也是這樣……彼此互不相讓，總是這樣鬥嘴互嗆，真讓人懷念啊。我一邊這麼想，同時也恍然大悟，此地的常識在別處絕對行不通！

邂逅與發現

原點拯救人

今日小語

如果是不認識義大利電影導演達利歐．阿基多的人，對這篇文章可能毫無興趣，但是如果把對象換成你尊敬的人的孩子，我想閱讀起來或許會有所體會。

在我漫長痛苦的幼年時代，達利歐．阿基多的電影是我唯一的心靈支柱。雖然電影的內容通常很可怕，算是所謂的恐怖片，但是出眾的色彩品味、恐懼、悲愴的心靈變化，塑造出只有內心最深處才有的影像，幾乎沒有故事情節可言，只是把孤獨者的無意

刺青師 AKILLA 的精彩畫作中的艾希亞

識暗影化為影像。而且看完之後不知怎地好像會比較喜歡人生的孤獨。

從某一刻起，不愧是喜歡闔家一起工作的義大利人，他的女兒們開始出現在他的電影中。費歐蕾・阿基多和艾希亞・阿基多（嚴格說來發音應該是艾吉亞，但我喊她艾希亞喊習慣了所以就這麼寫）。

她們在電影中的成長和我的成長重疊，讓我感覺，好像和她們共度漫長的歲月。

我的書在義大利出版後，得以見到達利歐導演和他的女兒們，而且果然和他們一家很契合，是我人生中極大的喜悅。

艾希亞在他的電影中經常飾演克服了最艱難狀況的女主角，出落得越來越美麗。她自己也執導了兩齣非常哀傷的電影《血色歌姬》（*Scarlet Diva*）與《心是會騙人的》（*The Heart Is Deceitful Above All Things*）（據說還有一部電影沒有在日本公開上映，我非常期待！），並且自己擔綱主演。

我非常看好她身為女演員的才華。

這樣的艾希亞，在刺青朋友——刺青師 AKILLA 的帶路下，帶著孩子來到我住的下北澤時，看到她態度尋常地站在我熟悉的茶澤街，我忽然感到很不可思議。

沒想到人生竟然有這種奇遇，簡直像在作夢。

她輕易超越了滿身刺青、混夜店、浪蕩女……這種常見的醜聞話題與印象，真的是冰雪聰明。而且還是個好媽媽。孩子們超愛媽媽。在 Village Vangaude 複合式書店，孩子們各自買了絨毛玩偶抱著走（說要在此地抱著一起乖乖睡覺讓我覺得超可愛），艾希亞還替玩偶配音（她是專業的，所以特別厲害）捉弄孩子們。我家小孩和她的小兒子也一起打電玩。

尼可：「我最討厭醬油。」

我：「咦？可是尼可剛才說很好吃的毛豆，就是醬油醃漬的……」

艾希亞：「噓！別告訴他，就這樣，就這樣！」

看來天下的媽媽不分哪國都是一樣的。（笑）

同樣是從小就在特殊的環境、特別的父親身邊長

夏天的回憶，與 AKILLA 及艾希亞合照

大，目睹過許多光怪陸離現象的我們，只要四目相對，就知道彼此雖曾走過痛苦歲月，而且迄今仍有堆積如山的問題未解決，但哪怕是選擇崎嶇的人生路途，只要周遭有我們愛的人，就能感受到幸福的重量。

縱然只能偶爾相聚，心好像也緊緊相連。

道別時我們幾乎快哭了。

翌日，他們傳來去洗溫泉的照片。看著她和孩子們穿著浴衣在山腳嘻嘻哈哈玩耍的模樣，我感到難以言喻的幸福。

想必也有種種問題。環境大概也很複雜。然而，我只是一心祈求，這一家人能夠平安喜樂。

人們常說回歸原點，這是真的，東北大地震時，我在限電的漆黑寒冷的家中，每天都被如何消除住家周遭及室內核輻射汙染的問題搞得身心俱疲，同時拚命看達利歐．阿基多導演的電影。那讓我漸漸重新振作，並且變得更堅強。

幼年及青春期發生過很多事，即便在感到「這麼痛苦已經活不下去」時，只要回想起反覆看他的電影讓心靈重新堅強起來的經歷，便可帶給我力量。

一樣米養百樣人，他的電影觸動每個人心靈的東西大概各不相同。但我認為，知道「自己的原點」擁有多大的魔法力量很重要。

小魚腥草

注　芭娜子啊，妳這篇是「HOBO日怪談」[8]嗎!?文體好像有點像喔！

摺紙鶴

高中時，我的手突然自動開始摺起紙鶴。

我對千羽鶴並無興趣。

也不是原爆紀念日。

不是看了什麼書受到觸動，也不是為了祈求和平決心摺一千隻紙鶴送去哪裡。

可是，不知何故，我忽然在想。

「我不能不摺紙鶴。我必須不停摺紙鶴。」

我深切地這麼想。

那是自己也無法遏止的強烈衝動。

我買來色紙，摺完就再去買。偶爾一包色紙中出現千代花紙或金銀摺紙就很開心，一邊繼續摺。

我的手無法停止，上課時也一直繼續摺紙鶴。沒事的時候只要手閒著就摺紙鶴。

我在學校的綽號甚至有一陣子都變成「摺紙鶴」。

然後有一天，那種衝動突然消失了。

不是厭倦了，也不是因為手痛。

「啊，已經不用再摺紙鶴了，夠了。」

我如此感到。

我突然停止摺紙鶴，一數之下差不多有一千隻，就請姊姊和朋友幫忙用絲線把紙鶴串起來。

最後是送去寺廟還是哪裡我已經忘了，總之是姊姊或朋友替我找到的地方。

我自己對紙鶴的去向絲毫不感興趣。

我什麼也沒想就把紙鶴送出去了。

唯一知道的是，那段期間我懷著某種祈求。對著某種東西拚命安靜祈禱。我只記得這點，而我的手自己動了起來。

無論是上數學課時，朗讀英語時，打瞌睡又醒來時，我繼續不停地摺。

手迄今仍記得摺那個小小鶴頭和鶴尾時的觸感。

我想我大概是在幫某個不在人世的人吧。

那是怎麼回事？是誰讓我唯有在那段時間摺紙鶴？

每次想起那件事，都會有點悚然。

不思芭娜

洗衣店的阿健

我住過很多地方，即使住處旁邊就有洗衣店，我還是習慣拜託某家由知名公司負責收件服務的洗衣店。

因為，雖然那家洗衣店每隔幾年必有一次人事異動而經常更換工作人員，但是至今我還沒遇過「不想讓這個人碰我的衣服，不想讓此人進我家，不希望此人出現」的人物。到目前為止換過五人左右，大家給人的印象都好得匪夷所思，甚至有時遇上傷心事哭著入睡的夜晚都會想：「明天洗衣店會來收件，所以心情一定會變得比較好。」

這種事，好像常有其實很難得。而且我認為是到府服務的行業最重要的一點。這家公司的業績之所以總是在業界名列前茅，不只是因為洗衣方面的扎實技術，想必這個因素也有很大的影響吧。我覺得好像發現了做業務最大的祕訣。

他們就算不喜歡狗也不會排斥我家的狗，就算我拿出大地毯送洗，他們也不會面有難色，這點從無例外，讓我只能讚嘆太厲害了。

附帶一提，我一直委託某家公司宅配蔬菜，有一天卻下定決心終止契約。要告別長年習慣的商品真的很不好受，但送貨員三天兩頭換人（等於知道我家地址的人越來越多），而且其中一人只要紙箱的取出方式不順手就會氣得大吼大叫，下一個送貨員又拚命推銷死纏不放，這和我的日常生活息息相關，我實在不想每次都搞得這麼不愉快，於是決定終止契約。

結果那家公司的主管打電話來吐苦水：

「簽約十年的老客戶離開，真的很難過。」

「上上任的送貨員S先生就很好，真的只要想到他會來就很期待。」我這麼一說。

「期待所有的送貨員都有那種水準太嚴格了啦。」對方說。

關我什麼事啊！（笑）

不過，我想那家公司的作風，一定頗有這種講求人情義理的成分吧。

附帶一提，我和那家洗衣公司的員工之一，真的成為朋友。

迄今我們還是習慣喊他的暱稱「阿健」。因為當時有部知名的成人片就叫這個名字[9]。每次被問起由來，我都會這麼回答。

阿健當時就住在附近，經常幫我遛狗。

我家那隻年紀不大就死於癲癇的哈士奇，不知怎地非常愛他，我想大概是把他當成好朋友。

有一次，他們一起出去散步，結果阿健和狗都一臉困擾像是挨罵似地回來。一人一狗真的是露出同樣的表情站在玄關看著我。

「發生什麼事了嗎？」我問。

「我對狗狗提議：『我們今天走遠一點吧？』牠看起來很開心，所以我就想搭公車，結果我們若無其事地想上車時卻遭到阻止：『先生，狗不能上車。』對吧？狗狗。」

「嗯。」（狗凝視他的眼睛，好像在點頭。）

一人一狗如此回答。

那當然不可能若無其事上公車吧，我一邊笑著，同時也感到很不可思議。狗想要的就是這樣像朋友一樣的對待，然後就會全心信賴。不需要複雜的愛情，只要這樣對待就行了。醒悟這點後，我稍微反省了一下，發現自己對待狗時簡直就像對待小孩一樣太複雜了。

狗這種生物，不是自己選擇飼主，往往像奴隸一樣基於外表或用途被人挑選、買下或被贈送，可是狗狗毫無疑問，一生直到死亡的瞬間都把飼主當成主人忠誠愛著。要拋棄或殺害這樣的動物，我認為罪孽深重等同殺人。

當然，我絕對不認為唯有自己這個意見才正確。純屬個人意見。

不過，我曾經一次又一次看著狗目不轉睛地凝視我一人，用全身表達「最近我的身體好像不大對勁，媽媽，我會不會很快就再也見不到妳了？不，應該不會吧。從明天起我們又可以一直廝守在一起了吧，等我身體能動了我們再去玩吧，不過，如果我做不到，那真的很抱歉，我已經多少明白這點了。但是此刻，雖然我行動不便至少還活著，還可以跟妳在一起，我很開心」的想法後，就在我懷裡斷氣。所以像那種輕易拋棄狗的人，我真的真的喜歡不起來。

那種人的人生想必自有他的因果業報，我無權評斷。只是，就算在別的方面意見契合，最終肯定還是道不同不相為謀，我對那種人還是敬而遠之就好。

那天並排站在玄關沒能搭公車遠行的一人一狗給我的感覺太好笑，也太可愛，迄今我仍將那一幕珍藏在心頭。

8　糸井重里創辦電子報《ＨＯＢＯ日刊糸井新聞》，簡稱「ＨＯＢＯ日」，「ＨＯＢＯ日怪談」是夏季才會更新的鬼故事單元。

9　一九八二年發行的成人片《洗衣店的阿健》，被視為日本色情電影的代表作。

有自信就會贏

今日小語

伊藤春香小姐很聰明，一直是網路界的先驅者，寫出符合人們需求的好文章。她的文章散發鮮活的氣息。那是感情的芬芳。能夠寫出那個，就表示她在寫作這件事上已經成功了。

時代已改變。這年頭必須自己主動去爭取自己喜歡的事物。在這樣的時代如果作家還能生存，那就表示有人純粹喜歡把想法寫成文章而寫作，有讀者不惜花錢也願意購讀。就這麼簡單。

那已經和文學獎、文壇、文藝雜誌、電子書或紙本書統統無關了。

從伊豆歸來經過伊東一帶，每每讓我心情激盪

少了那些東西的世界對我而言會寂寞得無法想像，所以我希望他們保留，想必也的確細水長流地留下了。

想必其中也有像泅泳在無國界的村上春樹老師或芭娜繪里這樣的人，但我家小孩打從呱呱落地就擁有平板電腦，今後恐怕絕對不會去看紙本書吧。

伊藤春香的書寫力是真金不怕火煉。雖然她在工作方面大概也做了很多影片和電視節目，以及經營相關的指南書籍（和昔日的作家與廣告合作、避暑順便寫散文是同樣的意思），但是看了她的態度讓我感到，這個人顯然就是喜歡一個人埋頭寫作。

各位知道喜歡寫作是怎麼一回事嗎？

無論想睡覺、快昏倒、流眼淚、外面有美食佳餚和約會在等著，還是想寫。就是這樣。

而她擁有「一定要觀察到最後」的異常冷靜的觀察能力（這是作家絕對必要的才能！），我想可能是比較容易招致誤解之處。正因為觀察能力敏銳所以會把一切加以比較。那大概也是因為她還太年輕。如果只把自己放在軸心位置，我認為反而會有很多事情「不想再去做」、「因為不再去做，於是把某種東西看得更重」。

還有，經濟不景氣後長大的年輕人有個特徵（這不是指她），就是會把有錢和很多事情畫上等號。

被人誤解越多越好。

毫無根據的自信也越多越好。

只用那種自信當武器，一次又一次失敗，這樣活著不也很有意思嗎？

我的書最高紀錄曾經單冊賣了兩百萬本。但是，看了之後如果什麼都沒留下，也不過就這樣了。我寧願那本書能夠改變十個人的心靈。

若能達成這樣的偉業，之後老天爺必然會養我。

以前見到歌手松任谷由實（不是住我家附近的藝人清水美智子模仿的「油實」，是真正的本尊！）時，她說，「除了自己的死忠粉絲之外，還能夠對一般大眾產生多大的影響力，這點對我非常重要。」

我完全不覺得反感，只是很自然地想，「我倒不會這樣。」

當時看我的書的大部分人都不是「我的讀者」，我想他們應該只是跟隨閱讀時代的流行，而如今還在看我的書的人，才是真正「主動來選取」的人。

即使在經濟方面以前比較富裕（順便聲明，我的書熱銷的時候，正處於會計完全不講情面的時代，除非特別擅長理財，否則稅會被扣得很重，所以我的收入其實和現在差別不大。況且當時年輕，覺得那是意外之財，有人開口要，我就揮霍出去。所以我很慶幸因此在金錢方面學到很好的教訓。比方說，掏錢給別人絕對不代表好心），現在的我比較幸福。

我希望藉由文章的魔法潛入讀者的生活中，悄悄讓讀者的生活稍微變得更好。

哪怕只有十人也沒關係。如果有人需要我，我想，我會用完全相同的力氣繼續去書寫。

附帶一提，由實姊提到我認識的某位可愛男士時（此人伴隨由實的音樂一起長大，人生一路走來跌跌撞撞），露出真的很溫柔的眼神說：「如果認真去做，命中注定總是會有這種人出現呢，能遇見這種人不知有多幸運。」我想那種溫柔的眼神正是她不變的創作本源吧，當下非常感動。

還有，以前我去夏威夷，好不容易才見到當地大排長龍的知名算命師蘭波，她露出遙望遠方般的美麗眼神說，「妳的孩子，是男孩。非常聰明。而且，總是……隨時隨地都拿著 iPad！」

「的確算得很準，撇開聽不聽明先不說，iPad 的部分已經知道了！」當時我心想。

小魚腥草
枕套

懶散的我，很少換床單，唯有枕套我幾乎天天更換。

換自己與丈夫的枕套時，對枕頭會有種難以形容的愛情。

謝謝你讓我們躺在上面。

然後，替恐怕不會永遠與我們同住的孩子換枕套時，我幾乎是抱著祈禱的心情拍打枕頭。

我在心中默禱：請保佑這孩子一生幸福。

孩子的床邊，並排放著幾個他從小特別寶貝的絨毛玩偶。

我也很想對那些玩偶說，「謝謝你們守護這孩子的睡眠。」

與伊藤小姐一起吃的美味現桿義大利麵！

我家小孩已經長大，不再因為害怕黑暗需要他們保護。
但他們還在那裡，始終不曾被扔掉或忽略。

某日，一直陪伴孩子睡覺的狗娃娃的腳脫落了。
那是塑膠做的，所以我想該丟掉了。
反正本體還在就好了吧，反正都已經快壞了。
可我就是無法扔棄，最後還是放在枕邊。
我以為青春期的莽撞男孩八成已經忘了那個。那種小東西，大概很快就會被他搞丟了。
小孩總是弄得襪子和T恤都髒兮兮的回來，就這樣髒兮兮的隨手脫下一扔，不然就是背包裡的東西發出臭味，諸如此類。他把便當盒塞在學校弄得東西餿掉，不知道已經讓我罵過多少次！

可是翌晨，那隻腳被他慈愛地輕輕放回狗的腳邊了。
我很感動，暗自慶幸沒丟掉果然是對的。

然後我想起一件可悲的往事。

記得有一次，我回家後發現被自己當成心靈支柱，非常愛惜的合成皮做的紅色小鳥椅（把腦袋放在那上面曾是我逃離苦澀青春期痛苦的唯一方法）不見了。

我哭著奔向垃圾場，但已經無影無蹤。

我媽不耐煩地撂下一句「因為太髒了看了很討厭，所以就扔了」。

而且壓根沒有道歉。

當時我暗想：唉，媽媽根本不愛我。

我知道事情沒有那麼單純。

母親只是用她的方式愛著我。這點我其實也知道。

如今母親已過世，所以也犯不著為了她愛我的方式到底對不對自己糾結。

人愛人的形式，有無限多的版本，沒有對錯可言。

我懇切期盼，母親如今能夠在天上的美好樂園過得安詳，幸福。

然而，我偶爾還是想單純地思考這件事。

為了我孩提時代的靈魂。

為了那把可憐的椅子，為了曾被我疼愛珍惜，卻在某天連我最後一面都沒見到就被扔棄燒毀的那隻小鳥。

那把椅子肯定直到最後還在等我。

它大概曾呼喚我。

母親並沒有愛我像我為孩子珍惜的東西流淚感謝那樣。如此而已。

或許她覺得我依賴那把椅子就像萊納斯[10]的毯子讓她感到很詭異。

或許我把頭放在上面睡覺的怪模怪樣讓她看得很不順眼。

那都無所謂了。

最棒的是，我沒有像母親不愛我那樣不愛孩子。

我愛我的孩子，用我以前渴望被愛的方式。

重點不在對方如何，而是自己怎麼去愛。

對此喜悅湧上心頭。

我用愛的力量改變了某些東西。那是連綿不斷的某種東西。

不思芭娜
出來彌生

初次在雜誌看到彌生的畫時，我真的很驚訝自己每晚看的睡前世界竟然變成畫。
這難道不是只有我才知道？為何會在這裡？

我想，那當然是一切卓越藝術擁有的力量。

不過，其中還是有些東西特別讓人覺得「這是我的重要世界，無法告訴任何人」。
我的讀者之中也有很多人這樣看待我的作品。這讓我很高興。
對我來說，彌生的畫就是這樣的畫。
我不禁想，如何才能畫出這種畫？

就像小朋友用黏土連續做出幾十個同樣的蛋糕，不斷畫出同樣的主題不肯去睡覺。可以感受到只有在那種時候才有的獨特專注力。

彌生運用指尖創作出精密得驚人的畫作。她的世界總是五彩繽紛，在流動中有無數小小的臉孔，那是高度波動、異常聖潔的世界，那些臉孔彷彿打從心底感覺幸福，都笑嘻嘻的。

那不是瘋狂，亦非黑色幽默。創作者的心中若無真正的幸福與孤獨，我想，絕對畫不出這樣的世界。

從小，每次接觸到那個世界，我總是想像，這一定是天堂吧，天堂的人一定都在看著我們吧，而且一定滿面笑容吧。

或也因此，看著彌生的畫作總是讓我心頭猛然湧現熱流，為之落淚。

不只是因為她的畫很美，也不只是因為看起來很幸福。

她筆下看似瘋狂實則溫暖光明的世界，狂熱地否定這個既不溫暖也不光明的現實世界。因為，其中蘊藏著關於人心堅信美好事物的真實。

當某人在周遭眾人的推動下開始從事某件事，我想那大概就是那個人的天職。

有什麼東西壞掉需要修理時，腦海首先浮現某人的身影。

唱著歌會想再聽一次那人的歌，盼望能與那人一起去卡拉ＯＫ。

收到那人的信會振奮精神，甚至想把信給其他朋友看。

可以迅速做出美食的人。

就這樣形成一個小圈子，為了配合圈子的需求，當事人自己也開始琢磨技術。於是圈子變得更大……我想，這就是一種職業產生時的正確形式。

我固然如此，我想，彌生也一樣，只是尋常過日子，產生了作品，然後有人想看那些作品。就這麼簡單。她的生活方式就是那樣。

長大成人，成家生子，為了小孩不得不遵循種種成年人的手續時，被周遭過大的壓力漸漸逼壓，有時的確會懷疑繼續堅持過去的做法是否已經行不通了。

半夜吃泡麵，為了寫小說熬通宵過了中午才起床，同一部電影看上幾十遍，專心研究電影的優點直到臺詞倒背如流……這一切是否已經行不通了？

可是，這些東西帶來的氣勢或新鮮空氣，也的確支撐了我的創作。

生活方式會全部寫在臉上，更何況在作品中，只會顯現得更明確——就真正的深遠意義而言，我也逐漸明白這點。

但是，在這個弱肉強食的血淋淋業界，為了生存必須學會的種種東西，好像讓我的作品有點迷惘，受到汙染。

為了保護作品而弄髒的手，怎麼洗也洗不乾淨……正當我這麼想時，我終於見到了彌生。

曾是我心中永恆偶像的彌生，比想像中更嬌小可愛而且非常知性。她本人也有和畫作完全相同的氛圍。

毫無陰霾，從不迷惘，和狗狗們一起颯爽站立。她的丈夫在後面悄悄守護她，讓我很感動。

我趁著去上廁所時，悄悄參觀了一下他們夫妻和狗狗們住的房子。就是生活的尋常光景。堆著衣服和棉被，小小的，理所當然的世界。

那種尋常也讓我受到衝擊。

和作品分毫不差。沒有掩飾或隱瞞，只是坦然存在。

她一定不會為了給人留下好印象而故作和善、裝模作樣，面對大人物就端起架子或故意唱反調。

很久沒看到這樣的人了。

我當然也不是那種善於偽裝的人（正因為不是那種人，所以才出名）。因為猜想對方可能希望我怎樣於是配合做出某些行為，並且說服自己。但那種行為的根源是愛與尊重，所以我想我的作品就算有點汙濁但還不算骯髒。

如果我今後能夠成長，直覺告訴我，那是唯一的方向。

彌生用一根指尖當武器獨自面對全世界的身影，我想當作珍貴的影像繼續藏在心頭。

不管變得多了不起，不管活到幾歲，我都想尊敬那個纖細嬌小的背影。

而且我希望心中永遠擁有她的繪畫世界。

我會永遠記得，幼年的自己曾被那個世界撫慰得以安眠。

就算朋友生病或許急需一筆錢，彌生也不會有那種「作畫賣出高價，然後把畫款送給他就好」的想法。

相對的，她會充分發揮色彩感覺，替他用網版印刷印出他喜歡的五顏六色的麻將牌做成各種抱枕。

雖然很想苦笑，卻也不由感動，她想必在天堂有很多存款[11]。而收到禮物的他，肯定也會比收到錢更加開心吧。

10 萊納斯：漫畫《史努比》中的某個小孩，喜歡抱著毯子四處走。

11 和田裕美的暢銷書《如何成為有錢人：富裕人生的心靈智慧》提出「天堂存款」的概念，強調只要在覺得幸福的瞬間為無價的事情標價，存入天堂的帳戶，就能體會「我很有錢」的感受。

夏末爆炸頭特集

今日的露骨小語

在不久前寫部落格的時代，我就隱約發現一件事。

「這麼多人都在寫部落格，這表示部落格書籍已經供過於求了吧？」

所以，我採用作家銀色夏生的方式，從一開始就直接出版文庫本，那果然是個正確的決定。

作家就是專門寫作的，想寫多少部落格都沒問題，而且其中寫了很多堪稱創作關鍵的重點，所以絕對應該出版成書。

但是站在出版社的立場，部落格書籍多半字數太多，書會變

托 U-zhaan 君的福，吃到超級好吃的「喀拉拉之風 II」12* 冷番茄湯

得很厚，造成價格太高，而且只有忠實書迷才會買（就像琴酒一樣），因此出版社當然不太想出版。

在這種書籍滯銷的時代，就公司的經營立場考量，我認為這個判斷是理所當然。

還是堀江貴文高明，靠著紙質和監獄生活這種罕見的內容克服問題。

想法從不天真的他每每讓我驚奇。

在那之後的時代，包括我自己在內的大作家（我希望我是，畢竟我有三十年資歷）各種部落格糾紛時有耳聞。不是延遲出版，就是違背口頭約定。

附帶一提，若拿我自己出版部落格書籍的漫長歷史來舉例，也曾發生編輯抱怨「字太小了很麻煩，看不清楚樣稿，所以沒看」的罕見事件，結果我說既然看不清楚就不要當我的編輯，後來換了一個責任編輯。

新換的編輯非常優秀，我們相處融洽，就結果而言算是皆大歡喜。

三十年來，我大概和一百位編輯合作過，只有兩次是因為各方面都不如意實在沒轍只好請出版社換人。

就我遺傳母親（我家母親大人只要遇上感覺稍微不好，或駕駛技術比較粗暴的計程車司機，就會很惹人嫌地湊近駕駛座問：「你叫什麼名字？」然後把人家的姓名抄寫下來，是知名的奧客）的奧客本色而言，我認為這個數字算是很少了。

同樣是大作家，但是收入不同因此待遇也截然不同是常有的事，之前我接受電視採訪時，提到曾和村上春樹老師互傳簡訊，結果我聽見那家出版社的宣傳人員私下對電視公司的人說，「如果讓人誤會吉本女士和村上老師很熟，村上老師會很困擾，剛才那段請你們剪掉。」性格惡劣的我就此永遠離開那家本來幾乎是專屬的出版社（當然還是有聯絡，所以是就基本上而言）。

出版社希望盡可能給作家一個安靜的環境這我當然能夠理解，但那種話可以之後再說，不必當場說出來，所以我認為宣傳人員的那種態度過於怠慢。宣傳人員的怠慢，就等於對公開的宣傳活動態度怠慢，那會造成很不好的影響。因此我像逃離沉船的老鼠一樣逃走了。我認為這是個明智的決定。

後來，我也曾經做過「不管什麼內容只要全都幫我出書的話，我就簽約當專屬作家」這樣的嘗試，但要落實到合約上很困難，最後只實現了一部分（不過好歹還是實現了一部分，所以我現在非常幸福）。

我只想安靜寫作，可是在這個時代真的很不容易！不過，光是這樣哀嘆也無濟於事。現在正是該為別人燃燒熱情寫作的時候，是努力的時候。

「小說也不知道還能再寫幾篇，所以我不想再繼續被動地接受邀稿什麼都寫了，今後我想專注在小說上。」我正在思考這個問題，所以以後要靠什麼維生？年紀不小變成歐巴桑後臉皮也變得很厚，或許我該走到公眾面前說些什麼？抱著這樣的想法，於是也嘗試了一下這種演講的工作，但是某次和村上老師商量後（我們並非關係非常親密，但芭娜繪里與春樹樹互相欣賞，也互相尊重）得到最好的答案，讓我徹底轉變了想法。

我只能寫作！我只想寫作！

就是這樣。

說句題外話，和我合作最久的編輯之一，以前來我家談公事，就像我男朋友一樣不客氣地拿起我家客廳桌上的漫畫雜誌《*Big Comic Spirits*》翻閱，接著居然自行將放在一旁的明信片翻到背面看內容，而且還一邊評論：「嗯，那個人的字跡原來是這樣！」誇張到這種地步簡直讓我氣都氣不起來了！（笑）

附帶一提，廣告方面的工作因為報酬好，而且有限制反而會讓我格外有鬥志，所以我常做。另外，替人寫講稿的工作，或者替什麼命名的工作、只負責撰寫劇本中的對話部分，都是我最最拿手的看家本領，所以只要有時間我就會接這種工作。

如果只把寫小說當成工作，對那種事照理說應該沒興趣，但我卻做得很開心。我覺得這樣的自己有點虛榮，所以偶爾也會有點苦惱。

依然迷惘的某一天，對我來說只是友人的友人——爆炸頭很帥的 U-zhaan 君[13] 英姿颯爽地出現了。

他專門演奏印度的塔布拉鼓這種罕見的打擊樂器，只要有人需要，他就拎著塔布拉鼓（看起來很重）哪都會去。而且和各種領域的人都合奏得很完美。

不愧是他口中「最溫柔的伴奏樂器」，任何樂曲只要有塔布拉鼓加入，就會添加一種獨特的（不是因為來自異國）如夢似幻的深奧感。

而且，他之所以能夠把塔布拉鼓應用得如此廣泛，是因為他曾專程前往印度學習印度音樂的艱深（非常數學式的）基礎，被師父狠狠訓練過，並不是人們常說的那種「沒去過義大利的義大利餐廳主廚」（當然我想這也是有可能成立的，但我認為那樣活動會受到很大的限制）。

我心想，「是的，我在文壇已經有充分的體驗，也確立了某種程度的地位，不如就趁這時挑戰一下某種意味的改行吧。」老是待在同一個地方的確會厭煩呢。

泡沫經濟時期的編輯們慷慨大方，即便是稀奇古怪的企劃案也樂於接受，如今沒有因應時代變化燃起鬥志思考對策，反而消沉地把思考格局變得越來越小，或是在頒獎典禮上連自助餐都不敢多吃，或是對嶄新的企劃案聲稱「先帶回去慎重檢討」（＝事後拒絕）就此逃之夭夭，或是斤斤計較不肯報銷計程車費，或是為了稿費含稅或不含稅逡巡不決，看多了那些可悲的例子，真的會讓人心情沮喪。

畢竟作家可是賭上性命在寫作，給錢不大方無所謂，至少在賭上性命這點我希望得到尊重和肯定。

本來有錢的人變窮時會改變什麼，他們或許沒有從個人的角度認真思考過。但我本來就是孑然一身，因此早就想通了。

「歸根究柢，創作是金錢可以左右的問題嗎！」

不過說得也是啦，畢竟是公司，當然得設法賺錢。

可是話說回來，我倒也不至於完全不適合刻意去寫暢銷書。

我只是看著時代的風向，但那是為了小說，不是為了賺錢。

因此，我和U-zhaan君一樣，一如他抱著塔布拉鼓，我也想只憑恃寫作，憑恃文章，去各種場所旅行認識各種人。那必須是全然快樂的，否則我會覺得太對不起父母遺傳給我的才華和文章之神。

出版這種電子個人誌或許也算是其中一種嘗試。

而且等我真的開始去各種地方旅行之後，也不用再緊巴著出版社或編輯，彼此見面反而變得更愉快。按照以前的做法再次合作時很興奮，能夠變成這樣真是太好了。

那天想到「如今早已不是什麼都能寫成書出版的時代了，拚命寫拚命出版的方式好像也不合時代潮流。儘管如此我還是想拚命寫。況且孩子還小，距離退休還早。到底該用什麼態度繼續走下去？」我就很煩，躺著無所事事觀賞歌手坂本美雨的ＤＶＤ時，U-zhaan 君就這麼英姿颯爽地以特別來賓的身分出現，那一瞬間我忽然靈光一閃。

「對了！他的塔布拉鼓就像是我的文章。不須依靠其他人，只要以書寫為中心就好了！」

那天就是「第三期吉本芭娜娜」的開始。

而我和 U-zhaan 君彷彿老友重逢似的立刻成為友人，兩個家庭也往來得很融洽。剛認識時，我曾經試著問過他各種問題，他的答覆從來沒讓我失望過。我很慶幸能夠認識他，是他讓我的寫作能力復甦。

他算是我人生的恩人，所以我三不五時就會請他吃東西，或是硬塞紀念品給他，還去看他的現場表演替他捧場，不過通常和他一起去印度餐館時，不愧是有他在，往往會吃到菜單上沒有的私房菜，或是餐廳本來公休的日子也特地為我們營業，結果反而是我享盡好處，一點也沒報答他！

小魚腥草
那天

盛夏的炎熱日子，我獨自在新家等冷氣機送來。

空無一物的室內只有電風扇，熱得要命，除了安靜待著沒別的事可做。

預定送達的一個小時前，接到對方電話說車子不夠今天無法來安裝冷氣的時候。

我當然火冒三丈拚命抱怨，結果把自己搞得越來越熱。

最重要的是，想像著那天，獨自在空無一物尚未搬進去住的新家等待的我，忽然感到很不可思議。

有點可憐，有點滑稽，又有點像笨蛋。

之後歷經種種，如今我已不住在那間屋子。

印度的油炸食物 Vada，太好吃了導致照片失焦模糊！

當時完全無法預料到這點。

當初那樣痴痴苦等，過了一星期才送來的空調，結果被我留在那間屋子沒帶走。

想必，它會盡責地讓現在住在那屋子的人感到涼爽或溫暖吧。

人到中年，只剩下抱枕和 Kindle 和一盆植物圍繞我。

可是那天的我，彷彿還在父母健在的家中，喝著蘇打汽水懶散躺著的那時候。

那時暑假總是無所事事整天嚷著好無聊好無聊。

毫不節制地暢飲碳酸飲料，一口氣吃光整盒阿波羅巧克力。然後躺著一直看漫畫。心裡還想著怎麼還不趕快吃晚餐。

不知為什麼那時家裡養了很煩人的兔子，只要人躺著，就會毫無原因地被咬。

但是待在和兔子共處的空間睡午覺，莫名地心情就會變得很溫柔。

晚餐是父親做的醬油炒牛肉。那滋味是我很想重溫卻再也吃不到的味道。

行事曆上沒有任何行程安排可寫，走到哪算到哪，有時和附近的朋友玩，有時不玩。

從來沒有一次在做廣播操的時間準時起床，總是隨心所欲熬夜的暑假。

細瘦的腿每每曬得黝黑，看起來像牛蒡的那時候。

或許是因為天氣炎熱，和當時一樣蟬聲不絕吧。

是因為那天是個孤單的午後嗎？

想到那天的我，就會湧出一股看家的小女孩待在被保護的世界卻壓根不知道自己被保護，天真無邪地躺著發呆的那種感覺。

兔子和父母，都已去了天堂。

說不定是因為父母懷念那年暑假的那個我，正在看著我？還有那隻煩人的兔子陪在一旁。

他們或許在說，那孩子真傻，明明在那裡八成住不了多久。

不思芭娜
又是爆炸頭

到目前為止，我和朝日新聞合作過多次，也在報上連載過小說。

每次我都感到，「報酬固然豐厚，但那種超級權威的感覺不愧是朝日！」

或許因為平時都是懶洋洋地在充滿家庭氛圍的每日新聞工作，所以才特別能夠感受到那種差異。

和朝日新聞的合作，特別難搞，但對方負責和我接洽的人非常聰明，雖然每次抱怨連連，卻還是妥善解決了。

這種雙方對峙的時候，雖然我向來只在乎「最後殺手鐗就是把自己的文章撤下，堅守到底」這一點，但那不是任性自私，該讓步的時候就盡量大膽讓步，一路灑脫地走來，而我那種態度對方必然也能理解。

只是，每次讓我耿耿於懷的是對方總會提出讓我懷疑「這種要求……是故意找碴嗎？這是在刁難吧？」的問題。

比方說，對方要求「引用段落太長，請刪除」（明知我引用的是別人的文章無法隨便割愛）或者「刊登連載小說時，我們想知道您與別家的合約，所以請把合約給我們過目」（就社會遊戲規則而言絕不可能），諸如此類，總之非常誇張。

當然我的文章並未超過規定字數，合約也理所當然遵守了保密義務。

聰明的他們不可能不知道。

難不成，這是他們發洩壓力的方式？這樣類似的例子太多，讓我感受到他們長年站在守護朝日新聞的立場那股難以言說的壓力。

以爆炸頭出名的稻垣惠美子小姐，是跟我同世代的朝日新聞員工，雖然感謝公司栽培，但是很想脫離大型社會的運作模式因此辭職，這種人我非常能夠理解。

我很喜歡她的文章。

她的文體和我很相近，思想方面好像也相當近似。

如果我單身獨居，可能會統統效法一番（包括爆炸頭……請 U-zhaan 君替我介紹美容院）。

她寫的東西，全是她從女性的立場在工作現場仔細觀察周遭，漸漸體察到的現象。

我們的無從選擇，真的被她非常巧妙地寫出來了。

消費是什麼？人生是什麼？生活是什麼？

獨自住在比以前在公司上班時狹小許多的住處，節省開銷，試著過盡量省電的生活。認真探討自己喜歡的是什麼，什麼又是不需要的。認真思考該把錢花在什麼上面。寫作讓她徹底明白生活的不易，但她還是誠實書寫。
這些事看來簡單，但我們絕對做不到。
哪怕只是幾週，幾個月，還是幾近不可能。
有那麼不可思議嗎？照理說，人生就算有誰選擇不同的生活方式也無妨。
身為同樣經歷過泡沫經濟，幾乎都是靠花錢來發洩壓力的同世代女性，我真的很理解她的意見。
如果把洗腦逐一拆解（她稱之為拆下與身體連結的管子），會顯現出什麼，我們在害怕什麼，在她的書中都用優秀的文章扎實寫出來了。
沒人能夠像她這樣身體力行地做實驗，今後如果她有了伴侶，開始從事寫作以外的工作會怎麼寫報導文學，如果住在東京以外的地區又會如何……我一直拭目以待。

12 ＊喀拉拉之風Ⅱ：印度餐廳。東京都大田區山王三之一之十，電話：〇三－三七七一－一六〇〇。
13 **U-zhaan**：印度鼓演奏者，本名湯澤啟紀（**Yuzawa Hironori**）。

個人的生活方式可以改變世界（不只是因為長得帥）

今日小語

我去看了濱松市美術館舉辦的若木信吾作品展「Come & Go」。

創作者並未強勢推銷自我，也沒有刻意的意圖，卻充滿對其他出色攝影家的喜愛與共鳴，是非常好的展覽。

好展覽經常出現奇蹟。

我竟然在自己的肖像照前巧遇天才廚師竹花市子小姐[14*]。

稍早前剛抵達車站時，我拿不定主意「到底該先去飯店辦理住房登記再去會場，還是直接去呢」，結果「眼前正好有計程

帥氣的若木君

車，那就上車去吧」，如果沒上車說不定就見不到市子小姐。真是太不可思議了。

後來，我們倆不約而同都想去的地方，當然是若木君經營的品味出眾的店「BOOKS AND PRINTS」[15*]！

看了展覽滿心感動的我們直奔該店，結果竟然又巧遇替我的作品改編電影《白河夜船》題字的若木君的父親！

接著，去了從若木君父親那得知的鰻魚店[16*]（店內有位超過百歲的招牌西施），見到手擀蕎麥麵店「naru」的猩爺[17*]，替他長年擁有的《廚房》簽名，還預約了翌日的蕎麥麵，然後他介紹我們去濱松首屈一指的點心店「冰箱里」[18*]，簡直像是一趟周遊濱松的稻草富翁[19]之旅。

從市子小姐所有的發言都能發現自己想走的路，在所有帶有若木君影子的場所都能感受到

若木君的書店

和他一樣的沉靜溫柔。

雖然只是兩天一夜的小旅行，但因為有這樣的緣分，只要真心想去，路途自然會為你開拓。

正因為若木君以前一個人「只想這樣活著，就是喜歡這種東西」，也因為他默默拍攝了許多好照片，我的人生中才會出現這趟旅行。

在那個奇蹟面前，什麼預定計畫或意圖之類的刻意作為好像都相形失色了。

這次展出的作品中，他拍攝的佐內正史、川內倫子、鈴木親……這些我熟悉的攝影師手拿相機煥發光彩。當然也有我沒見過的攝影師。透過照片可以深深感受到，若木君沒把他們當成競爭對手。他是當成夥伴，抱著敬意去拍攝。無論是名人、藝人、家人或本地的朋友，

「naru」的美味蕎麥麵

在他一視同仁的視線中同樣閒適自在。

但是，邪惡的女人們在計程車上任性議論著「他實在太帥了，又有內涵，照片也拍得好，想法竟然也很正派！」「真希望他有點無藥可救的壞毛病！」「比方說，會打老婆，或是上完廁所不擦屁股之類的」「否則太完美了，反而讓人無法相信呢」……！

小魚腥草
無價之寶

在塞多納（Sedona）印象最深刻的店，是溪谷旁某家氣氛超棒的咖啡屋。

院子很大，並沒有打理得太整齊，可是綠意盎然的感覺很棒。菜色也全是有機食物。販賣部也出售食材和蔬菜，還有漂亮的食譜、香味迷人的乳液、手工製作的化妝品。

我和旅行夥伴都說，真想在這裡一直待著呢，旅行期間真的是天天報到。

某天早上，我坐在那家咖啡屋的窗口啜飲美味的咖啡，一邊打開我剛買的松脂乳霜，塗抹在旅途疲憊弄得又乾又粗的手上。

味道非常好聞。像木頭，又像乾草，是清甜的香氣。

結果坐在略遠處的青年兩眼亮晶晶地看著我站起來，滿面笑容說：「這味道真好，是松脂乳霜的香氣吧。不介意的話請讓我聞一下。」

我打開乳霜的蓋子讓他聞。並且請他也塗一點。

「嗯——真好聞。這讓我得以滿心幸福地開始今天這一天。謝謝，妳給了我非常棒的禮物。」

青年毫無企圖、毫不諂媚的笑顏，迄今仍讓我的心靈如此清新潔淨，所以他給我的禮物其

塞多納的咖啡館

實更大。

某人在遙遠的某個城市誠實生活，原來是如此重要的事。

不思芭娜

店長

若木君的書店叫做「BOOKS AND PRINTS」。

那家書店真的很有品味，有很多古今中外的優秀攝影集和很棒的雜貨，該店所在的大樓整體感覺也非常好，不過最讓我感動的還是出入書店的人們值得驕傲的出色人品。

翌日中午我去吃蕎麥麵，書店的店長新村先生特地過來打招呼。

雖然那家書店和蕎麥麵店的確很近，但他為了不讓我有心理負擔，那種「只是順路過來看一下」的感覺真的很好。而且還有種「過來打擾您真不好意思」的謙遜。

蕎麥麵店的老闆猩爺一邊忙著擀蕎麥麵，偶爾也會抱著「盡量不要太打擾客人」的專業意識來到我的座位。那種感覺也很低調非常好。

店長：「芭娜娜小姐的《療癒之歌》真的賣得很好呢。」

我：「早知道就簽個名了，啊，如果有時間，待會我再過去一下幫你寫。」

結果，本來已經回店裡的店長，又拿著店裡的三本《療癒之歌》跑來了。

「外面有颱風，我覺得還是我過來比較好。」他說。

我慢慢在那三本書簽上名字。一邊愉快地想像，這些書究竟會花落誰家。

雖然他向我道謝，但我才該感謝他帶給我如此豐富的時光。

把自尊心放在那種定位，想必是最好的。

光是看著這樣的人，我就會見賢思齊，有了安定的軸心。

可以隨心所欲地行動，對自己做的東西有自信，所以才能對別人體貼關懷，不會勉強別人非要怎樣。

我想他們就是這種人。

把滿足自己的人生放在優先，關於自己的店，重要的不是金錢或名聲或是否有名人來訪。

他們看重的是盡量見識好東西讓自己有所進步，如果還能因此讓別人高興那就更好。

我覺得好像稍微窺知了若木君養成這種生活方式的背景。

那或許是對抗當今社會運作方式的唯一方法。或許是唯一的反抗方式。

這樣的人只要多增加一個，世界就會改變。

我想大概也會有人說，打從約翰・藍儂唱歌時，這個想法就根深蒂固地在努力。但世界好像根本沒改變吧？

或許也有人認為世界反而越來越糟。

但不是那樣的。若木君只是過著他自己的生活，就讓濱松和我出現如此美妙的變化，所以還是有希望的。

店長在颱風中陪我一起走到車站，還替我確認新幹線是否照常行駛，甚至推薦我該買哪種紀念品，戴著時尚的帽子穿著時尚的衣服，始終滿面笑容，最後颯爽離去。什麼也沒推銷，也沒說出任何強人所難的要求。

14 ＊竹花市子：作詞家，流浪廚師。http://takehanaichiko.com/

15 ＊BOOKS AND PRINTS：書店。靜岡縣濱松市中區田町二二九之一三 KAGIYA 大樓二〇一，電話：〇五三—四八八—四一六〇。

16 ＊曳馬鰻魚店：靜岡縣濱松市中區上島一之二七之三九，電話：〇五三—四七四—八七三一。

17 ＊Naru：蕎麥麵店。靜岡縣濱松市中區板屋町一〇二之一二 MARUTSU 大樓二樓，電話：〇五三—四五三—七七〇七。

18 ＊冰箱里：中餐館。靜岡縣濱松市中區板屋町 628Y3 大樓五樓，電話：〇五三—四五一—三〇三一。

19 稻草富翁：日本的童話故事。描寫一個窮人靠著一根稻草不斷與人交換物品，最後變成大富翁。

「naru」蕎麥麵店的猩爺夫婦和書店店長（我旁邊的這位）！

保留食材力量的烹調，在團隊中的生活

今日小語

我去石垣島看朋友。
他們都是平常難得見到的人。
石垣島的自然環境很美，風中總是摻雜濃郁的花木芬芳，也可看見滿天繁星。
蔬菜豐富的餐點和酒，全都讓我很期待。
不過，能夠見到平時見不到的人才是我最大的幸福。

第一天晚上住在「SILENT CLUB」[20*]這個地方。這家平時作為

「邊銀食堂」的特別料理，沖繩風咕咾肉（光看照片就想吃！）。添加雞蛋更是一絕！

婚宴會場極為有名的飯店，被我們很奢侈地包場，餐廳也只有我們一行人。我們享受到只有這裡才有的卓越品味、絕佳菜色搭配與新鮮食材（蛤蜊與島豬兩者相輔相成讓美味倍增！）的餐點，以及靜謐無比的夜晚。

從「SILENT CLUB」看到的風景與餐點

天亮後可以看見波光粼粼的大海，遼闊的飯店境內隨時充滿陽光。

翌日去「邊銀食堂」[21*]。這裡強調完全保留食材的原味，能夠充分發揮食材本身力量的特製調味與烹調方法。

邊銀先生的廚藝和愛理小姐的想法，即便放眼世界也是第一等。實際上他們也的確受到這樣的評價。

愛理小姐非常了解何謂服務，對於邊銀先生做的料理，她秉持開朗、溫柔、時而嚴格冷靜的態度，向來很有品味地居中指揮協調，而且他們的孩子是那種大胃王老是覺得沒吃飽，因此他的廚藝也進步神速。我認為，那家食堂的菜單就是他們夫妻和孩子團隊合作產生的藝術作品。

我家養的動物都已高齡，小孩想去學校忙著和同學共度，所以我們一家很少有機會集體旅行。最近頂多是一起去公公家吧。

不過，這次難得一起度假，讓我感受到家族這個團隊充分運作的

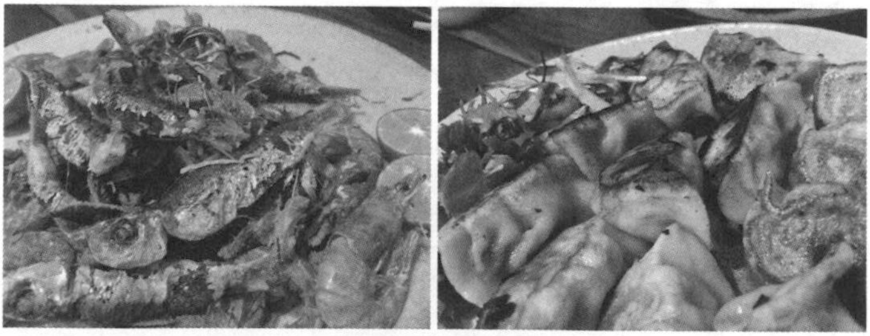

邊銀家的大餐

功能。

丈夫比平時更勤快，我也懷著更溫柔的心情留意各方，孩子變得更孩子氣不聽話，所以正好互補。

在這個團隊時的人格純粹是在家庭這個團隊中形成的人格，只不過是自己的一部分。就某種角度而言，或許是在角色扮演。不過，能夠度過這個時期，的確讓我們的人生更豐富也更深奧。最重要的是，待在這個團隊就很放鬆，所以自己可以用最好的狀態面對其他人。

如今孩子們勉強還在孩童的年紀，我家和定居石垣島的朋友家總共三個小孩，再加上從岡山來的朋友一起吃飯，而且食材都是用愛心真摯烹調，孩子們食欲旺盛同時三人還興奮地嬉鬧，我相信這些絕對會對在場每個人今後的人生產生良好的影響。

「SILENT CLUB」的游泳池

從岡山來的朋友自從上次在石垣島相聚後，一度身體出問題差點死掉，所以能夠再次這樣尋常地一起用餐簡直是奇蹟，讓人不勝感慨。如果他當時死掉了，現在的我即使這樣旅行恐怕也只會覺得悲傷吧。

小魚腥草
石垣島之夜

雖然印象中石垣島好像老是在下雨，而且步道永遠濕濕的，但那大概是因為我多半在那種季節去石垣島。

明明也經歷過很多晴天的時候，真奇怪。

涼鞋裡面總是濕答答，走進濕冷的建築物更冷，但印象中，絕非只有不快的感覺。

雨絲濡濕美麗的川平灣，陽光從雲層之間灑落。

幾艘船隻緩緩移動，蕩漾著變化奇妙的水色。

白沙耀眼閃亮，帶來無聲的氛圍。

關於沖繩本島的回憶不知為何總是充滿死亡。

大概是因為看過太多悲傷的死亡。大概是因為那個地方的生與死都太強烈。

街頭到處浸染死者們的影子，甚至讓我猝然落淚。

我每每在想，即便那樣也無所謂，我就是喜歡這裡。

因為在這裡，像我一樣愛講話、怕寂寞、整天為逝者祈禱並不奇怪。那是很理所當然的行為。

強烈的日光，水泥房屋，單軌電車的聲響，通通被山原[22]森林吸收。雖然它並沒有明白對我說「保持本色沒關係喔」，但它寬容大度地看著我的存在。而且感覺就像有小精靈跟著我亦步亦趨。

相較之下，石垣島對我來說是只有生命的場所。

孩子們的聲音迴響，夢想著明天。

仰望朦朧的星空，有一搭沒一搭地思考今後的人生想做的事。
潛伏森林與海中的魔鬼厭惡我們幸福的想像，就此逃之夭夭。
不甘心的他們在深夜悄悄潛入房間，試圖闖入我們的夢境。
但我們睡得太熟，有人生的喜悅這種銅牆鐵壁守護著，因此魔鬼無法接近，只好又垂頭喪氣地離開。
所以，千萬不要隨便進入石垣島的森林，也不要隨便下海游泳。
森林是神聖的場所，最好別去打擾，
若要接觸那片大海之美，搭乘充滿人類智慧的船隻方為上策。

不思芭娜
喝尿的故事

不久前我用舔尿和中藥，還有針灸治療子宮肌瘤腫大的問題，當時不只舔尿還認真喝尿的朋友，告訴我一番驚人之語。

比方說，我們會吃充滿人工添加物的飯糰、三明治及泡菜。吃的時候毫無不良反應，只覺得好吃。

於是心想：說什麼這些食物對身體不好根本是騙人的吧，其實用的食材挺好的嘛。可是隔天早上喝尿，顯然有種異於平時的怪味。

朋友還說，開始喝尿後，不知道為何就是很想吃番茄，遂用番茄沾鹽巴吃了一大堆。結果，尿的狀態變得非常好，喝起來簡直像蔬果汁云云。

諸如此類，不是靠舌頭而是拿尿液當基準，逐漸改變感覺。朋友說，這是最有趣的地方。也有很多人認為「身體排出的是廢物，怎麼能拿來喝」，但我從未想過尿液也能作為一種偵測器（尿液檢查倒是可以理解），所以聽了只覺茅塞頓開。

說句題外話，我如果吃了生肉，就會嚴重反胃非常不舒服，而且血液都跑到腦袋還會頭疼，所以我向來敬而遠之。但這次在石垣島吃生豬肉完全沒事。當地人長年都這樣吃，我想大概是因為豬肉夠新鮮，而且放血處理得很乾淨。

我本來就熱愛吃羊肉，在邊銀食堂吃到的兩種烹調法（麵條和餃子）的羊肉不僅完全沒有羶味，藉由烹調方法還改變了風味的深度。

我想，只要是了解食材的人來烹調，很多事都會變得很安全！

20＊SILENT CLUB：飯店。沖繩縣石垣市字桃里一六五之三八一，電話：○九八○－八四－五○二九。

21＊邊銀食堂：使用沖繩食材的餐廳。沖繩縣石垣市字大川一九九之一，電話：○九八○－八八－七八○三。

22 山原（やんばる）：沖繩方言，指沖繩本島北部多山多森林之處。

邊銀家的羊肉麵！

創造東西的人

今日小語

我是去收集資料所以只是抱著看熱鬧的心態，但同行的平美穗子小姐這些年一直在創作陶器。

我家有很多她的作品，甚至可以說我家的器皿都是她做的。用她做的器皿盛裝菜餚，所有的料理都會看起來家常自在又好吃，變得超有活力。

最重要的是，器皿洋溢著她的個人特質，讓人可以安心盛裝飯菜。

我們一起去日本傳統木偶工藝師的工作室拜訪，她的學習能

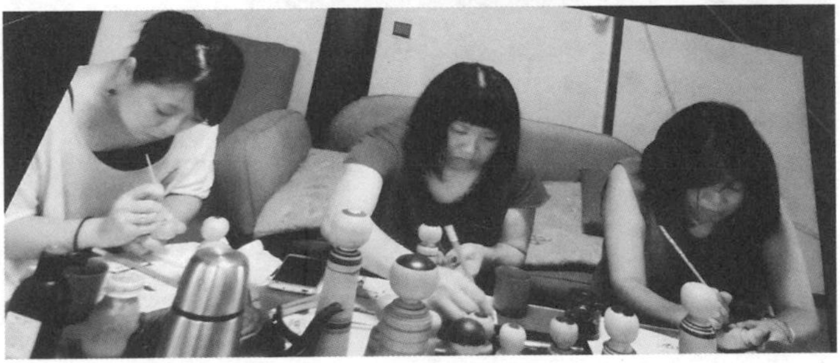

五十嵐老師傅拍攝正在拚命替木偶著色的三姊妹，當場把這張照片沖印出來給我們（笑）再由我翻拍下來。大家超認真，看起來很好笑。

力之快令人震撼，這下子更崇拜她了。

她的專注力，還有失敗時的懊悔與從失敗中學習的謙虛。總是充滿人情味，認真，很有人性，非常溫柔軟弱又無比強悍。那些值得尊敬的生活方式全都可以在她身上找到。

「只要是經過我的手，一定會提升作品的品質」——她這種鬥志就像火焰熊熊燃燒。那已經是和金錢多寡或是否合理完全無關的世界了。

和自己戰鬥，僅此而已。但並非一味的禁慾嚴苛。當一個人了解自己的全部並且找到平衡點勇往直前時，專屬於那個人的作品這才終於完成。

小魚腥草

旅行的結束

美穗子與我

木偶三姊妹

到目前為止，不知道旅行過多少次了。

有些人再也見不到，也有些夥伴住在遠處，只能相約有機會再一起出遊：改天一定要再那樣旅行喔。

無論回想哪一次旅行，不愉快都已拋諸腦後，只有笑容如殘影依然留在心頭。

比方說，為了趕時間在路上狂奔，賴在舒服的咖啡館消磨時間，然後才急急忙忙趕行程；或者，即使前一晚太開心不慎喝多了弄得隔日一早渾身無力，還是會在美景中漸漸恢復活力。

和各種陌生人親密如一家人。

搭乘各種陌生人的便車。

打盹聊天唱歌眺望窗外風景。

上車下車雖然麻煩但還是得上廁所，而且也得放行李。

身體互相碰觸，吃同樣的餐點，一起泡澡，睡同一個房間。

談論人生的一切，互相分享互相理解。

當離別的時刻漸漸接近，任何對話都會有離別的影子忽隱忽現地逼近。

最痛的瞬間只能讓心逃離。
讓淚水與拚命擠出的笑容溶合。
翌晨已置身在另一個場所。

這種情形就算重複多少次依然無法習慣。
可隱約還是習慣了。身體會自動打包行李計算時間。
明知在這世間，其實根本無法測量如此寶貴的時間。
所以我討厭旅行。
並且無法徹底討厭旅行。

不思芭娜
尋求昭和時代

栃木縣有個溫泉會館，人氣極高。
我不是很清楚但好像經常客滿，甚至還有人在公寓樓和客房樓住下來不走了，好像也有許多人每週特地來治療腿痛或腰痛。

連我這種不算太熱情的觀光客去了都很開心。溫泉很舒服，工作人員也都很親切，餐點可口，建築物雖老舊卻頗有清潔感。

不過，我想應該不只是因為這些因素吸引人。

在這裡，擁有昭和時代的某種人（所謂的庶民階級）所尋求的一切，對於擁有這種記號的人而言，這裡簡直是樂園。

我從小住在老街，早就被這種東西徹底鍛鍊過，興趣缺缺，所以只在一旁看熱鬧，但大家看起來真的很開心。

外表普通且隨和的人們，一家大小扶老攜幼。會館自製的健康食品包裝是這種人會喜歡的字體和設計。還有建築物的設計，廣告的貼法。總之一切都很輕鬆自在。歌謠表演，按照傳統方式包裝的小費，暖桌，豆沙麻糬。

我想，我們或許都因為時代的急速變化而寂寞。

這年頭會來家中拜訪的人都是某某業務員，臉上掛著業務專用的笑容，想必每天的生活中，絕對不可能大家一起聽懷念老歌，一天泡好幾次澡，而且每次都會遇見同樣的人打招呼，互相安慰彼此痠痛的腳，做這些尋常小事。

昨天，有個小學女生沒撐傘走在雨中，我想叫她上車送她去車站，但在現代這已經是犯罪行為，而且我想那孩子恐怕也會不自在，所以沒敢喊她，總覺得有點悚然。這是個年幼的孩童淋雨步行反而更安全的時代。不知不覺，我們已置身在這樣的時代。

還有，縱使出高價也吃不到手工做的食物，想必對制式的對話也已精疲力盡。用不著不停花錢，也不必被人嘮叨地命令（請不要躺在那裡，每位只能在這裡停留二小時，請選一道主餐……等等），想泡澡多久就泡多久，在大房間和各種人一起躺著無所事事。

即使是這麼尋常的小事，卻不知道消失何處，如今已經所剩無幾。

所以，人們才會那樣被那種人情味吸引蜂擁而至吧。

酒井法子！

今日感言

對於事情的是非曲直、批判、被批判之後的反應、興趣是否合得來或者根本是兩個世界云云，我並不是什麼偉大的人物，無法連這種事都說得頭頭是道。

不過，這的確是件令人興味盎然的事，畢竟，此人可是克服了那種醜聞還能在中國繼續走紅，保持身材與美貌，不管怎樣硬是可以繼續唱歌！這場演唱會將會永遠鐫刻在我們青春歷史的某一頁！這就是我衷心的唯一感想。

我和酒井法子，因為威廉・雷寧[23]的關係，近年來曾經一起

現在仍是大美人

吃過幾次飯。

她最活躍的時候，我非常忙碌，沒什麼時間好好坐下看電視劇，所以頂多只知道她的暢銷歌曲，壓根談不上是她的粉絲。

但近年來，她的美麗、開朗、溫柔、毅力，以及她飛快上前幫助不良於行的威廉的運動神經，還有她對兒子的愛，總之讓我一直感到只能用「厲害」來形容。

我認為此人「已超越了某種東西」，或者她的人生本身就一直很艱難，所以她一直在超越也未可知。

小泉今日子身上也有這種超越感，每次見面都讓我感到「這種人我一輩子望塵莫及」，所以或許只有這樣的人才能在演藝圈長久生存。

她周遭的人都是很好的人，但和我是完全不同的世界，也沒有什麼打交道的機會（啊，不過她的經紀公司社長是養孔雀魚的同好！）

所以我們並非朋友，但也不是點頭之交那麼淺薄。

因為，她是我的忠實讀者。

做為讀者之一，我很重視她。

背負種種背景的她，在出道三十週年紀念的演唱會上，有一段節目是演唱歌迷票選出的三十首最受歡迎歌曲。

我在跟她用餐時聽說，她正兢兢業業接受歌唱訓練。

即便世人如何冷眼相待，她還是做到了。

順風時努力很簡單，但在逆風中要堅持繼續某件事真的很難。

我從踏入文壇開始就沒改過作風，向來是低調地在家埋頭寫作，可是某日突然吹來「靈異作家」和「高傲自大」這種批判的逆風時我真的很驚訝，但我還是藉著繼續寫小說來反駁那些議論。

我想起年輕時面對媒體的粗暴完全無力辯解，只能埋頭寫作的那種痛苦。

實際上我的確已經變得像是「哲學恐怖作家」，所以搞了半天，人家也沒說錯嘛！（笑）

演唱會上，彷彿在這一晚變回玉女偶像的她為了報答歌迷，一直不停唱歌，節目內容緊湊，沒有拖拖拉拉也沒有刻意討好。當然對醜聞也沒有任何辯解。雖然也有人不滿她毫無辯解，但這年頭人人都在道歉，她這樣反倒讓我感到很有男子氣概。太帥了！

尤其是當她唱到三和弦有點悲傷的歌曲時，更是好聽得無人匹敵。她的音量也很穩，最重要的是那種完全不掩飾、堂堂正正的表情非常美。

持之以恆，是多麼不容易啊，我光用想的就快昏倒。

當年的偶像明星如今還在唱歌的人已寥寥無幾。

在看起來有點嚴肅的人（或許是業務方面的相關人士）和追隨多年的死忠粉絲圍繞下，總之她繼續唱下去。

想到那樣的她背負的重擔，我想我絕對無法在那種世界生存，但對她而言那肯定是熟悉的「環境」。我相信以她那樣的才華，必然能夠在其中悠遊自得。

看著她比手語唱出那首代表作〈碧綠色的兔子〉，大家不禁哭了。我也為那動人的美麗與光輝熱淚盈眶。

我深深感受到，看到別人又做到一件事情，總會讓我感動得起雞皮疙瘩呢。

小魚腥草

當時

當時大家一起像瘋子一樣學偶像團體粉紅姊妹跳舞。
也親身實驗電視節目《偵探！Knight Scoop》的檢證內容。
據說只要讓某個年代的女性聽粉紅姊妹的〈UFO〉這首歌的前奏，有相當大的比例會聞樂起舞。而且那是真的。
順帶一提，據說同年代的男性只要聽到李小龍的電影《龍爭虎鬥》的音樂，一定會比出中國功夫的動作，根據驗證那也是真的。

不過，想當年我對跳舞毫無興趣，滿腦子都是卡通和恐怖電影。
那些中學生搞什麼！
我好像只是這樣漠然望著大家跳舞。

若是現在的我，不管怎麼說畢竟也跳草裙舞很多年了，絕對會跟大家一起跳舞。
而且還比任何人更大動作地露出小內褲……
跳舞幾乎就等於是向神明祈禱。

彷彿在說：我在這裡，我的確存在。
我這樣活著，享受著，慶幸自己有身體！
並且用身體感應宇宙的節奏喔。

如今回想起來，只記得當時中學女孩子的裙襬飄飄很漂亮。
大家都在跳舞，所以下課時間我就算呆坐著，眼睛也絕對不會無聊。
記憶中的那種情景，也夾雜著已經去天堂的女孩的裙襬。
已經回不去了，就連當時沒有一起跳舞，也不覺得悲傷了。
因為如果當時一起跳舞了，我想我一定只會盯著自己的裙襬。

說句題外話，在關西看《偵探！Knight Scoop》這個節目的感受和在東京截然不同。
圍繞周遭的濃郁空氣不同，總之就是很快樂，得到慰藉，感覺就像在期待即將來臨的夜晚。
看完後大家一起熱烈討論節目內容也很開心。關西的朋友和他們的家人都有著哪天上電視也不奇怪的好口才，所以節目播完後我還是一直笑個不停。

我很慶幸自己年輕時有許多機會在關西看那個節目。
關西的夜晚空氣，比東京更黑暗也更閃亮。
而且寂寞也更深。
正因如此，唯有歡笑才是照亮人們的那抹光吧。

不思芭娜
時間的流逝

去看酒井法子的演唱會時，現場觀眾讓我很驚訝。因為有很多人的講話方式、拿背包的方式、化妝方法……和我年輕時一模一樣。
就酒井法子的歷史而言，算是比較早期。是八〇年代的可愛妝容。
他們究竟是如何度過這些年的歲月？
當然那並不土氣，亦非壞事。

這種事我認為真的是隨各人喜好就好。我覺得大家對於這種事已經過度在意了。現在去美國鄉村，經常看到有人就此停留在奧莉維亞紐頓強（我以為她是英國人，不知怎會成了美國鄉村代表）那個年代，或許只不過是那種感覺吧。

當時年紀輕輕置身流行中的他們，大概就在某個階段猛然停止時間，不再追求新的流行，那樣的一瞬間令我非常好奇。

比方說，我沒有跟隨潮流追逐辣妹的流行。一絲一毫都沒有。若說那是停止，在那個階段我的確已經完全停止了。但是與我同年代的人之中，也有很多人恰到好處地吸收了辣妹流行文化，經常讓我覺得了不起、品味真好。

以前我覺得很不可思議。街上竟有服裝店專賣歐巴桑和阿婆穿的衣服。

到底誰會去買？

是否有一天，我也到了適合穿那種衣服的年紀，自然而然就會去買？

我曾經如是想。

不過，那是錯的。我們這個世代依然保有只屬於我們這個世代的「歐巴桑和阿婆適合穿的服裝」的商店。我不可能突然真的那樣一百八十度大轉變。

不過話說回來，現身演唱會的他們就好像剛從低溫睡眠裝置醒來，和當年一點也沒變。甚至會有種不可思議的感覺，好像見到當年的老同學。

他們的隨身物品也讓人懷疑這年頭到底要上哪兒才買得到，充滿懷舊氣息（合成皮的皮包、尖頭鞋、沒牌子的黑色背包、仿珍珠的髮夾、破牛仔褲、有墊肩的短夾克等等），不是舊貨，看起來都像是最近剛買的。難道真有這種商店可以讓這些懷舊商品齊聚一堂嗎？

後來，我坐在很後面的位子，但是旁邊就有一群歐吉桑拿著螢光棒又叫又跳載歌載舞，這些人既然這麼熱情為什麼沒有買前面的座位呢？這是我最大的疑問。

23 威廉·雷寧（William Rainen）：靈能系作家，曾與芭娜娜對談，現住夏威夷。

開拓道路

今日小語

我和幻冬社的總編石原先生一起去新潟縣工作，他晚上就寢前找的按摩師以前是自行車賽車選手，據說對他提到同樣來自新潟同樣從賽車選手換跑道投入世界級水族箱的製作，創造出獨特的世界大獲成功，去年過世的天野尚先生[24*]這個人的展覽館。

因為那位按摩師的熱情介紹，再加上天野氏的攝影集太精彩，翌晨石原先生就邀我和家人一起去參觀天野氏的展覽館。

石原先生與我

這是只有旅行時才會發生的特別插曲的開始。完全沒有事先安排的這條路只在有緣才出現時，就是有東西該讓我們看見的時候。

那個展覽館很棒。水族箱及裡面養的魚以壓倒性的震撼力重現自然界的景觀。館內工作人員依然深深悼念天野氏，抱著強烈的熱情與喜愛專心工作的樣子也讓我很感動。

天野氏在新潟老家附近成立這間展覽館，也去亞馬遜和非洲探險成為知名攝影家，將他在當地看到的景觀重現於水族箱……看完展覽不得不深深感到，他如此波瀾壯闊、只靠自己開拓的人生就在這裡開始也在這裡結束。

我個人的感想是，他的人生不只是我們看到的光鮮表面，想必也經歷過各種艱難……展覽館整體傳達出這種感覺。正因如此，水族箱才會如此綺麗。

雖然他在水族箱界無人不知無人不曉，我們卻從未聽說過他。就這個角度而言他或許算是沒沒無聞的人。但那不是重點，我很慶幸能夠知道他如此重視自己的原點，直到生命最後一刻都在繼續人生的冒險，擁有豐富精彩又短暫的一生。

沿著人人都走的王道前行就某種角度而言很安全，也更有效率。即便要學習製作水族箱，想必也有更普通的平坦大道。走那種路的人當然也很重要。因為每個人安身立命之處本就各有不同。

天野氏或許是個極端的例子。但是如果沒人這麼做，就不可能出現新的道路。

就這點而言，我認為幻冬社的見城徹社長也是這種人。

饒是膽小的我，也曾遇過這樣的局面。

當時我成了王道中的王道——文藝雜誌《海燕》的新人獎得主。

通常新人獎得主會在接下來幾年專門替《海燕》寫文章。這樣可以被保護，也能趁此期間培養自己的力量。

但是太早踏入文壇導致人生經驗過少令當時的我很煩躁，我還有太多事情想體驗，於是我硬是跳出了那個保護圈。

我很快就親身體驗到，那是多麼莽撞無謀的舉動。

現在，我對當時只是放任我去闖蕩默默在旁守護的《海燕》總編輯寺田先生及責任編輯根本先生深厚的關愛深深感激。

如果當時沒有跳出保護圈遭到種種悲慘下場，我想這些年我鐵定不可能這樣堅守在第一線努力。

即便眼前無路也決定要走下去，雖然很可怕，但那正是人生的醍醐味。

我無意否定沒這麼做的人。但每天在生活中小小的冒險，找到屬於自己的小方法（不必太用力較勁，只要在「噢，這裡可以稍微冒險一下嗎？」的地方愉快投入即可），肯定可以改變人生的風向。

小魚腥草

都市裡的綠洲

我在漂亮大樓內的漂亮餐廳享用了一頓非常美味的午餐。

餐廳生意興隆很熱鬧。在場眾人有種一致性，看起來都很時尚。工作人員也過度俊美，簡直像機器人。

這時如果發生意想不到的事該怎麼辦？

我一邊想起美國作家威廉・布洛斯諷刺雅痞的短篇小說一邊思索。如果老太太昏倒，小孩混進廚房受到嚴重燒燙傷，真的發生恐怖攻擊行動之類的。店內的人八成會奪門而逃……不，或許會笨拙地試圖保護某人。總之不管怎樣應該都沒有那種異常勇敢、實際、善於求生又懂得臨機應變的人。

女士們嘰嘰喳喳聊久了，被餐廳用「別的客人快要到了」這種奇怪的逐客方式趕走，但現在去哪都是這樣，所以我們笑嘻嘻地離開。

如果對這種小事不去一一計較，大可以把餐廳當成便利商店看待。

不懂得顧客的時間有多寶貴、付出的數千圓到底價值幾何的餐廳當然讓人很煩，但如果只是這樣用來換取幾小時方便就沒問題了。

在這種店，就算再好吃也不特別。千篇一律。

客人不斷替換，被替換，消失。出店時也是同樣的意識，我認為這樣就好。

想必不久的將來，這種店的服務真的會被機器人取代。

之後，工作結束，湊巧有事，去了某大樓的頂樓。

一看之下，樓頂隨意陳列了一些攤子，其中一部分成了露天啤酒屋，不知為什麼連正統的烏龍麵攤都有。

四周隨意擺放桌椅，中央有水池，也有人圍繞池子吃吃喝喝。

風景一點也不好，空氣也很糟。

但各種世代的人們明知這裡並不時尚，還是各自照自己的方式在此休憩的模樣，相當令人安心。

我本來想找朋友商量嚴肅的問題，但當場的空氣讓人感到「哎——總會有辦法吧？」所以我只顧著眼前的零食和啤酒，忘了講正事。

想必，天堂就是這樣隨意自在的地方吧。

還有荷花綻放。
南國風情的植物也很茂盛。
天空蔚藍，清風甜美。
總覺得輕鬆閒適的人們似乎保持不遠不近的距離置身此地。
和自己喜愛的人在一起，這時如果談嚴肅的問題，這麼可愛的笑臉肯定會蒙上陰影，於是決定今天就暫時打住吧。

不思芭娜
關於水槽及演講

我打從以前就對這件事抱著很大的疑問。
為什麼水槽中明明很美，卻要加上那種咕嚕咕嚕打氧氣的裝置、溫度計、撈取油膜的東西還有裝魚餌的盒子，這樣看起來一點也不酷了。

小水邊

或許是我的搜尋方式有問題，但我一直很疑惑。

我飼養陸龜多年，那種保溫器和燈光的設計，同樣太注重實用性，起初真的讓我嚇一跳。

我猜天野先生八成也是這麼想。他的公司製作的水槽相關用品的設計都是獨家創意且時尚洗鍊，讓我很驚艷。就連溫度計和裝魚餌的容器也都是玻璃製品，設計的就像科幻片一樣漂亮。

附帶一提，不知為何有超級多的中國山寨品模仿他家產品。

可以理解要那樣常保水槽與水質透明乾淨很不容易，所以我想讚美這世上所有擁有水族箱的人。

我家養孔雀魚的「小水邊」[25*]早已有點混濁，不復當初亮晶晶充滿清潔感的氛圍。果然是邋遢的我會幹的事。大概是因為我覺得只要孔雀魚沒事就好吧。

會把美麗放在行動第一目標的人，外表通常也很洗鍊。

我偶爾去上英文會話課的地方，附近有戶人家種植了許多多肉植物，而且真的照顧得很完美，讓經過的路人賞心悅目，就像個小型多肉植物園，但身為多肉植物殺手的我很清楚那有多麼不容易伺候。我覺得我家的多肉植物很可憐，可我就是養不出那麼漂亮的植物。

附帶一提，說到這次去新潟的工作，或許是因為地點有點偏僻，觀眾少得可怕。當然，也可以解讀成是我人氣太低，想到自己出現在公眾面前的機會可能只剩下幾年而已，我覺得很可惜。真希望新潟的讀者如果正好放假，而且在尋求什麼的話能夠來參加。

雖然有大人物過來寒暄說：「昨天頭一次拜讀文庫本的《廚房》。」但是他以為講這種話我會真心高興的那種感性才真的有問題。（笑）

不過這當然是收了錢的工作，所以就算場面難堪也沒辦法，況且也沒人是故意的，所以我當下思考有什麼方法可以立刻轉換心情盡量樂在其中。

志工和觀眾之中必然會有幾人是真的在尋求解答想藉此改變人生，我決定就為那幾人演講。我一邊期盼能讓這次病癒重回主持工作的伊勢瑞穗小姐聽進心裡，一邊開始演說。

結果瑞穗小姐真的聽懂了。結束時我們四目相對，她露出完全理解的眼神，讓我很開心。

在推特上也有幾人的反應讓我感到他們是真的聽懂了。包括瑞穗小姐在內的這幾人，若能在內心深處產生變化，絕對比我在數千人面前滔滔不絕更有價值。對，哪怕觀眾只有一人，我拋頭露面之舉也有意義了。我不是說自己的演說多麼精彩，但就真誠面對觀眾這點而言，我有自信無愧於我的收費。

24 ＊天野尚：水族箱製作者。一九五四年生於新潟縣。將生態系等自然要素引進水槽，確立特有的水草展示風格（natural aquarium）。二〇一五年歿。

25 ＊小水邊：和大自然的生態系一樣，利用水草的淨化水質能力飼養孔雀魚與大和沼蝦的「小水邊套裝組」，價格日幣五千八百圓（不含稅）。

瑞穗小姐

附近的多肉植物花園

吸引力與料理與手相與魚腥草

今日小語

我和帶動吸引力風潮的奧平亞美衣小姐[26]做了一場對談。

起因是可愛又聰明的友人米田由香[27*]的部落格提到，「大家到底都發出多大的吸引力！這樣會搞得石油枯竭吧？」↓開玩笑的，宇宙蘊藏很豐富！

我這才知道這世間（應該說是社群網路平臺 Ameba 界）正發生關於吸引力法則的部落格大戰。

大家的文體多多少少有點相似，這個領域如果繼續發展下去，

天才廚師市子做的「印度脆餅烤柳葉魚」！

應該會越來越有意思。

我看過幾本奧平小姐的書，每次讀了都覺得「言之有理」、「我也有同感」，所以就沒再繼續研究，但最近我發現，心情軟弱時看她的書，會更理解自己想法上的潔癖，進而發現自己是如何畫地自限，讓我覺得很有趣。

對於不斷出現的壞毛病，我用平良愛綾女士提倡的「荷歐波諾波諾」這種夏威夷傳統的四字淨心法則不斷清除，但我想每個人各有不同的方法。

奧平小姐給我的感覺就像多年老友，毫無違和感，她美妙的聲音和清晰的思想性，以及沉穩冷靜的態度給我很大的安慰。

看了奧平小姐的書，對於「辦了貸款感到不安」的人，奧平小姐的答覆是「也要看現在靠貸款得到的好處」，的確！這下子我完全忘了貸款時的不安。

只顧著擔心「高額的房屋貸款剝奪了自由，換來不安，遺產稅也很重，到時說不定連這棟房子都無法留給孩子」，卻忘了還有園丁發揮手藝替我們換土種樹，木匠用心打造櫃子和神壇這些美好的收穫。

總會有法子的，如果真的沒錢了，到時候搬家就是了，反正鄉下還有朋友在。付不了房屋貸款就賣掉，況且兒子的人生也不是我的人生。

這麼一想頓時輕鬆多了。

有很多人瞧不起受到大眾支持的事物。

我也不知被人講過幾百次「妳的書暢銷熱賣的時候我很瞧不起，連看都沒看」，不過幾百人都這麼說，可見那才是刻板印象。

然而無論就電影《你的名字》或奧平小姐的吸引力書籍看來，「大眾取向就是好」這點的確也有讓人服氣之處。而且那個「大眾」、「多數派」也比我以為的更知性也更正確。

我認為這點確鑿無疑。

小魚腥草
萌芽

就在我對貸款和那套操作方式感到煩惱的某一天，我決定去吃蕎麥麵，和手相師阿雅*28及料理達人市子一起去附近超好吃的蕎麥麵店*29。

回程在「露草」*30吃世界第一好吃的蜜豆寒天，我對兩位大姊吐苦水：「為了貸款去做自己不想做的工作很痛苦。」結果兩人像唱歌似的，在我眼前開始一搭一唱說起來。

市：「我以前也做過那種工作，可是和那種一看就知道『這種人一輩子都無法理解我想做什麼或我想表達什麼』的人接觸，也不知道是熱情減退，還是失去寫作的動力，總之就是寫不出來耶！所以還是別和這種人打交道比較好喔，根本是不同世界的人。如果和同一個世界的人接觸，至少妳就算吵架也不會有壓力。」

雅：「如果妳之前的作品在哪個國家爆發性暢銷就好了。」

市：「妳寫的是像我這樣和社會一般喜好不同的人覺得好的書，可見妳的書肯定不符合大眾口味，但是有人可能非常需要，而且我相信一定有哪個國家正好有很多人都需要，比方說在哪個還沒出版妳作品的國家。」

雅：「請保佑書在那邊賣得好！」（對天祈禱）

市：「到時候，妳可能連還有貸款都忘了！」

雅：「三年還清或許不可能，但十年還不行嗎？到時候應該自然有辦法吧。」

市：「對呀，到時候手頭一定充裕多了啦！」

光是看著這兩人，我內心堆積的某些東西就不斷剝落了。

我曾經很害怕蓋章。

膽戰心驚地把契約書反覆看了又看。

即便如此還是沒把握，很想逃走。

一再打消自己想用「為了家人勉強自己」當藉口的念頭。

我發現，在精明簽約的成年人面具下，的確有我內心的小小孩在顫抖。

可是，如今在兩人的療癒之光照耀下，從內到外煥然一新，萌生柔嫩稚弱、閃閃發亮的淺色嫩芽。

雖然，只是一丁點嫩芽，但的確在那一刻萌生了。

我當然很了解自己。

為錢做不想做的工作也有極限，所以我不會勉強自己，

況且我也沒想過要在一年之內還清貸款，

我知道如果把現在的二十幾年期限縮短到十幾年，就算利息變動應該也不至於太辛苦。

所以我只是埋頭繼續工作。

無論接不接工作都會有相應的不安，其實我算是很開心地在挑選工作，所以我認為應該沒問題。

雖然心裡都明白，但在她們面前時因為不是自問自答，所以更能夠敞開心扉。

她們的直覺敏銳，而且是在同樣的業界度過人生的前輩。

美麗的臉孔，甜美的兩把嗓子異口同聲，偶爾還帶著可愛的笑容，當她們用唱歌似的語調，沒有任何表裡不一或嫉妒，輕快開朗地這麼安慰我時，不知道讓我變得多麼輕鬆，那種

力量之大讓我很驚訝。

但願過個幾年後，我也能像她們那樣，即便突然被詢問什麼問題也能反射性地想讓別人放輕鬆，而且能夠誠實給出意見。

我忽然對年老充滿期待。

「嗯~很難說，不過妳工作這麼賣力應該沒問題吧？」

「以吉本小姐的本事就算是二十五年的貸款也能按期繳清啦，所以請您順便也在敝銀行辦個定存吧。」

「搞不好妳明年大賺一筆一年就能還清了？」

「如果妳直接從我這裡一次借去，本來可以借妳更多錢。」

「好可憐喔，妳要一直還貸款到七十歲。」

這種敷衍之詞誰都會說，我最怕的一般對話通常都是這樣形成的。

下北澤「露草」世界第一美味的蜜豆寒天！

正因為她們兩人不是那樣，她們的存在，以及她們獨自開創人生道路的說服力，真的讓我打從心底感激。

這種金錢難以取代的感激，我只能用自己的存在來回報兩人。我只能用盡力發揮自我來回報。

那樣美好的關係，令我目眩神迷。

不思芭娜 X 檔案

每天餵美味的魚餌，孔雀魚就不再吃孑孓和掉落的小蒼蠅。

似乎不把那個當成食物了。

這算是人類社會的隱喻嗎……我有時忍不住這麼想，但是想到那裡有點複雜，所以就此打住。

不過，除非我們不把眼前的生物摘來吃，或是用箭射動物開膛剖肚吃掉，養雞取蛋最後把雞也吃掉，否則我們和那樣的孔雀魚或許也沒啥兩樣。

如果想減少數量只留下強壯的遺傳基因，只要撒點摻毒的便宜魚餌就行了。

有意識地進食方為上策。

有段時間我一直在看美國影集《X檔案》，結果突然變得可以慢慢聽懂英文了。

但我還是覺得完全不管用，因為「未知的爬蟲類」、「證據的可信度」、「陰謀論可以賺錢」、「被外星人取出胎兒」這種超困難的單字和句子太多了，完全聽不懂這些東西，我想那種單字恐怕一輩子都用不到……

小時候，我家院子的水盆曾經出現大量的奇怪東西。

長度約有小指頭一半（非常大），像毛毛蟲一樣軟綿綿（正中央有漆黑的線條，眼睛也是黑色的）而且像蝌蚪一樣有尾巴。

我姊特地拿去給生物老師看，可是老師好像也不知道那是什麼。

現在我倒是認為，那個人或許該辭去生物老師的工作比較好？

後來我才知道那是大型馬蠅的幼蟲，但當時我真的以為那是未知的生物。它的外表就是這麼不可思議。

父親想到的對策是在水盆放入金魚。

這方法雖然粗暴，但金魚的確在轉眼之間就把那些幼蟲吃光了。

我不時在想。

外星人或未知生物、地球外的生命體云云，這種東西就算真的存在，搞不好也會被金魚吃掉，或是被我們傳染的輕微感冒病菌害死，或是因大氣汙染就此停止呼吸。

26 奧田亞美衣：創作《心想事成的吸引力法則》等書宣揚吸引力法則，在日本引發熱潮。

27 ＊米田由香的部落格：http://ameblo.jp/yuka49yuka/

28 ＊手相師阿雅：日笠雅水。自學手相占卜，從國三就開始替周遭的人看手相。實際從事這份工作是在三十五歲後。

29 ＊打心蕎庵：東京都世田谷區代澤三之七之一四，電話：〇三—五四三一—〇一四一。

30 ＊露草：東京都世田谷區代澤五之三二之一三露崎商店大樓一樓，電話：〇九〇—七二六七—二〇〇八。

種種祕訣

吸引力的祕密儀式

（思考所謂的理所當然）

今日小語

我任性地開始寫電子雜誌（雖然付出勞力，卻完全沒賺到錢，所以原諒我吧……），對於出版社和編輯們，我由衷感謝。

作家就像是各有異常喜好、固定癖好的珍禽異獸。

有人很在意漢字旁邊添加的假名，有人在意文章換行，有人在意出版日期，有人說如果不是親自來訪邀稿就是沒禮貌，有人要求完全用電子郵件聯絡，有人愛吃甜食，有人在減肥。有人撒謊聲稱正從宇都宮趕往東京來掩飾自己的遲到！這些不同的基準對當事人而言往往是重要事項，所以說有多麻煩就有多麻煩（我

我家的烏龜十四歲

彷彿可以看見好幾位編輯此刻噴飯）。

要和這種珍禽異獸打交道哄對方替自己寫稿，然後交給校正人員，請插畫家繪圖，與設計師討論裝幀設計，開很多編輯會議，跑印刷廠。期間還有種種問題發生，必須全部解決。好不容易書出版了，接著又得天天忙宣傳。如果沒有每次陪著出席妥善伺候，珍禽異獸可能會不高興，再也不肯合作。而且這年頭不景氣，如此辛苦做成的書往往賣不出去，這工作簡直太折騰人了。

三十幾歲時很忙碌，不想浪費時間而且也不好意思讓編輯請客，書出版後幾乎都沒有辦慶功宴。但有一天我忽然發現。

慶功宴是編輯唯一可以理直氣壯報公帳、光明正大對上司說是工作卻在外面吃吃喝喝、比較可以放鬆的獎勵時間。換言之這是對編輯必要的慰勞。

所以從此我盡量辦慶功宴，盡可能配合對方選擇對方喜歡的店。然後早早散會，盡量讓編輯可以早點回家。

這大概代表我也長大了吧。（笑）

對於從我還不懂這些的青澀時代就一路相伴的編輯們，我真的萬分感謝。我並沒有變得傲慢，只是或許經常因為太累而疏於應對。對不起。

啊，不過昨天舉行的《療癒之歌》第二次慶功宴，負責設計封面的中島先生提出「想吃沒有放料的湯咖哩」，於是在以料多聞名的下北澤名店「Magic Spice」[31*]特地罕見的要求：「請盡量少放一點料。」新潮社的加藤木先生，對不起。下次一定讓你選你愛吃的！（到底打算辦多少次慶功宴？）

寫小說在某種程度上是專業工作，所以並非人人皆可勝任。正因如此我不想量產，寧可慢慢寫出更好的作品。這樣寫小說雖是獨自進行漫長孤獨的作業，但是交給編輯後，經過各種人潤色，耗費時間成書出版時，就好像孕育了新生命。而那個孩子將要離開我前往每位讀者的身邊。

出版書籍和「寫小說」正好相反，要和許多人組隊合作，就像樂團。

應他人之請寫散文時，字數和主題都不可能隨便自己怎麼寫，所以有種既可磨練技藝，同時還得盡量不讓品質降低的「訓練」感。對我個人而言，「工作」色彩最強烈的就是散文。

真的是活生生的芭娜娜！哇，本人比想像中更胖！——偶爾為了讓人確認（？）這些，我也會接下面對公眾的工作，但那畢竟不是我的本業，所以除非在會場能夠見到難得一見的人物讓我無法拒絕，或者酬勞非常好，否則我不會接這種工作。總之我喜歡寫作。我只會寫作。

附帶一提，最近新學到一招，蒸雞肉時在蒸籠底下鋪上烘焙紙，雞汁就會留在紙上凝固，拿起來方便又好吃！

這是田園調布超級好吃的臺灣小餐館「茶春」[32*]老闆娘教我的。她的料理品味絕佳。雖然店面很小、很不起眼，而且一到晚上就立刻打烊，但光是看店裡賣的中國茶，只要五百圓，便可喝到別家可能要賣一千二百圓的好茶。

可惜一週只營業三天！那種隨興的作風我也超愛！

小魚腥草

超越無聊

同樣的下午在同一個房間度過，如果沒有被無聊逼瘋，一切看來都可以很幸福。

正好買了衛生紙回來，把紙捲裝進架子的瞬間，彷彿再也沒有任何東西比這更契合，很滿足。

新的烤麵包機送來了。於是去買麵包。正好買到好麵包。幸運地剛好有人贈送起司。

生活充滿這樣的小小奇蹟，讓人想永遠活下去。

百無聊賴，是心情放鬆的片刻餘暇。

醒來渾身無力，窗外天色陰霾，那並非帶給心靈力量、光明及安寧的那種我愛的陰天。雲朵也醜陋地扭曲，光是看著，好像都會讓心中的污垢浮現。

索性像北陸地區那樣的灰色雲層美麗地綿延發光倒還好一些——就在這麼想時，無聊便悄悄潛入了。

雖然才剛開始看，但是劇情拖拖拉拉很無趣的電影，好歹開始著手卻毫無進展的作業，失去了意外變化帶來的光輝的雜事……

在那種情況下，喜悅會褪色消失。

只能不停活動來避免那種情形。不停擺動手腳以免無聊纏上。用扇子對著心中的活力搧風。現在想到的點子就現在做，不給自己思考的時間，當下具現。

即便當時覺得是徒勞，這些東西也會成為點點碎光，他日在意外的時刻，替當時毫不遲疑的自己戴上五顏六色的串珠項鍊。

只要有這種璀璨，奇蹟便會回到日常生活。

人生就是靠這小小的引擎推進。

不思芭娜
吸引力以上

前一天的晚餐吃得早，因此一大早就很餓，偏偏忙得無暇用餐。中午還在繼續忙。

我利用工作空檔相當認真地思量，必須用剩菜盡快做出午餐，能做什麼呢？

「好，今天的午餐，就用昨天的剩飯，放上石垣島辣油拌吻仔魚和汆燙小松菜還有炒蛋做成蓋飯吧。」

於是我真的匆匆做出蓋飯，一試之下還相當好吃。

之後我就在想。

「雖然是小事，卻很不得了。能夠把想法立刻如實執行，人生真是太美妙了。這肯定也能應用在其他方面。雖然光是教人如何實現願望和靠著吸引力法則心想事成的主題就出版了很多書，但我覺得只要能夠如實做到這種感覺就很好了。或許就是覺得很困難才會做不到吧。想必還是有比較沒那麼迂迴曲折的路。」

我甚至覺得光是深思這個，今天的工作就結束了。

仔細想想，大抵上，光是看旅行或外出的計畫就很不得了。

配合今天的行程挑選適當的衣服出門，自己裝備的服裝大抵符合天氣寒暑及移動方式，交通工具也大致按照預定時間順利搭乘，能夠安全回到自己渴望的家或旅館，仔細想想實在是件了不起的事。

世上當然也有印度或義大利這種比較難以做到這點的國家，但那也只是多費點心思，除非踏入格外危險的場所或太不走運，否則應該不至於送命。

能夠實現寫在月曆和行事曆上的計畫，這件事本身就很了不起。大家體會到本來沒有的事物在世間出現的瞬間。單就這點而言，幾乎全部的人都等於小說家。明明有這麼多人隨心所欲地安排計畫，竟然大致上還都能實現。

其實我們每天都在做這種發願或實現願望的舉動。因為覺得那是理所當然，所以才能夠不覺得奇怪，不去深思或失誤就做到。

如果有一天那不再是理所當然，我們最懷念的，肯定是可以理所當然度過「如自己所想的一天」的時候，而且八成也發現那原來是奇蹟吧。不只是說和平真好的問題。

只要想著「對自己而言理所當然」，大抵上的事都能夠手到擒來。

正因為私下強烈認為那不是理所當然，才會做不到。

就這麼簡單。

世上有些地區的人幾乎完全抓不到魚，「每天盡情吃新鮮的生魚片成了人生最大的心願」。對這種人而言，生魚片成了吸引力，成了困難。但對「住在海邊，生魚片比牛肉便宜」的人而言，那不是心願。是理所當然。所以用不著什麼吸引力。

因為想用吸引力召喚缺少的東西，結果不可思議地過度用力反而難以實現。

還有，人類好像真的很喜歡缺少什麼就執著什麼，往往是「好想每天盡情吃生魚片所以搬去北海道的海邊住，可是海邊很冷清……所以想搬回山裡」，於是立刻就忘了吸引力或當初去北海道的那種驚人行動力了。

那是錢也好，是異性緣也好，是工作也好。總之事情變成讓自己無法認為理所當然的狀況，都是因為有無法這麼認為的疙瘩存在。那是因為每個人的童年陰影和家庭背景、過去的失敗體驗等明確的理由才變成這樣，要除去那個疙瘩也就等於面對自我。但是直接面對自我太殘酷，而且會綁手綁腳，所以我認為只要保持側目以對，若即若離，「雖然注意到了但我容忍你」這種感覺即可。如此一來疙瘩（就某種程度上還在，但是已絕對足夠讓你獲得另一種視點）自然會漸漸消失。

還有，如果被問起「請想像你理想中的人生」時，浮現的是不用辛苦工作，躺在游泳池畔，或是西裝筆挺地喝雞尾酒的場面，或是耀眼的水晶燈，高層飯店的房間，海邊度假小屋及濱田省吾的歌詞描述的那種情景（老派！），那麼我希望你認真思考那到底是不是你真正的心願。

因為那幾乎是透過刻板印象而來的成功的形象。並不適合你自己，所以不可能實現。

「長年捕魚的老先生退休了，但是身體還很硬朗，所以偶爾還是會下海。瞭如指掌的大海就像自家庭院，連海底的哪一帶有什麼魚都一清二楚。面對那片大海，坐在自家土地上蓋的房子的簷廊，每天小酌兩杯美味的日本酒，睡睡午覺。傍晚醒來，愛乾淨的妻子已把家中整理乾淨，正在烹調紅燒魚。」

「二十年來一直擔任早晨六點開始的節目主播，最近終於引退。暫時只想過著深夜不睡覺繼續喝酒，早上睡到自然醒，也不用化妝，就這麼盡情發呆的生活！之後的生活模式要盡情那樣頹廢之後再來考慮！」

我們受到金錢方面的洗腦，已經忘了這些其實也是完美的成功體驗。

如果置換成適合自己的形式，想必就會發現，其實各種願望大大小小都能實現到一定的程度。只要真正理解那幾乎都是靠自己實現的，想必會對自己深不可測的力量感到驚訝吧。

然後大概就能確信自己今後不斷改變的力量了。

31 ＊Magic Spice：咖哩店。東京都世田谷區北澤一之四〇之一五，電話：〇三—五四五四—八八〇一。

32 ＊茶春：臺灣餐館。東京都大田區田園調布二之三四之一 一樓。電話：〇三—三七二一—一二四〇。

打瞌睡

海水的療癒效果

今日小語

身體泡在海中時，會感到某種東西緩緩自體內浮現，就此剝落消失。

這一定是孕育人類的海洋偉大的神祕力量。

我討厭游泳池喜歡大海，在世界各地的海洋游過許多次。沖繩、新喀里多尼亞、義大利、法國、馬爾他島、夏威夷、馬爾地夫、希臘、巴黎……等等。每個地方都很棒。

但對我而言只有西伊豆的土肥海濱能夠撫慰我的身心，是比

本文提及的「牧水莊土肥館」33* 這家旅館的露天浴池邊雄偉的橡皮樹

什麼都寶貴、猶如醫院的地方。當地確實含有某些塑造我個人人格的成分。

想必每個人都有一個那樣的場所。

把去當地接觸自然環境與土地當作一年之中的重要大事，不知帶給人生多麼大的慰藉！

在我長大成人之前並不明白這點。

土肥什麼也沒有。沒有時尚的店，土產店也幾乎都關門了。

幸好去年和今年有「土肥劇場」[34*]的咖啡店和酒吧！

就連當地唯一一家「Beetle！」咖啡店（店內永遠沒完沒了地播放披頭四的歌曲）也幾乎只在興致來時才開門營業。

即便如此，海灣內平靜無波的溫熱海水仍是海水浴最佳選擇。從海上望去綠意蔥籠的群山也美麗得令人心醉神迷。

每次泡在海中都會不禁脫口感嘆：「好幸福，好幸福！」

土肥河畔，昔日有鴨子

溫泉也很清澈，是溫潤的熱泉。

當地現撈現做的生魚片很新鮮，映照山海的夕陽也很美。我認為西伊豆的魅力就在於地處西邊可以看夕陽。

它孕育了我和我的小說還有鶇與小真理[35]（笑）。哪天如果有空，請一定要去世界獨一無二的西伊豆土肥溫泉試試。雖然那裡真的什麼也沒有～！

只有平穩的大海與溫泉，高大的柳樹與悠然漫長的沙灘。

但於我而言那是全世界最療癒的景點。

不知有沒有人願意在那裡開咖啡店！

小魚腥草

破破爛爛的大象

一直放在我家中央的馬拉巴栗逐漸萎靡。

將近二十年來，它一直待在神壇旁邊和客廳中央。
雖然歷經多次搬家，但它始終跟上了環境的變化。
我總是在它的樹蔭下放鬆心情。
少了它的葉子後，窗邊好像變得很寒酸。
想到與馬拉巴栗共度的歷史，不由落寞。

所以我去了園藝店，想再找棵大樹。
我向來認為，必須盡量避免再添購無用之物，否則家裡都要塞爆了，可我在那店裡一看到躺在椅子上呼呼大睡的大象布偶就再也移不開眼。

大象的材質類似編織品，已經磨得起毛了，破破爛爛的，重得自己站不起來。
正好很像我以前養的老狗。毛色灰白混雜，顏色也一模一樣。

抱在手裡沉甸甸的，彷彿主動依偎到我懷中。

我就這樣抱著那隻大象去收銀臺，用本來要買盆栽的錢買下它。

而且不知怎地，在那棵馬拉巴栗枯死之前，我都不打算買新的盆栽了。

我是真心這麼想，認真得幾乎落淚。

結果幾天後，馬拉巴栗突然開始冒出新芽。

又過了幾天後。

我在海邊溫泉看到生氣蓬勃的橡皮樹。

它在露天溫泉的周圍牢牢紮根，肥厚的葉片散發清香，在蒸氣中熠熠生輝。

我心想現在買這個正是時候，於是回家就上網買了橡皮樹。

現在，馬拉巴栗和大象和橡皮樹親熱地靠在一起排排站。窗口變得充滿活力，妝點了我的人生。

斷捨離很重要。常保房間整潔，只用必要之物，經常變換布置以新鮮的心情看待也很重要。不過最重要的，我想，還是那個東西來到家中的過程與順序還有緣分。

由於種種不便導致文體變得像小魚腥草的不思芭娜

亞馬遜大河

亞馬遜網站為什麼叫做亞馬遜，我漸漸懂了。

因為那是集合人類一切的祕密大河。肯定也有食人魚。就算被咬了也是自己活該。

亞馬遜準備周全地逐一追上時代的浪潮，同時以濁流壓倒一切，湯湯流去。

它肯定會不斷輾壓眾人的想法，變成世界第一巨大。

銷路不佳的產品悄悄銷聲匿跡，再也不會出現在螢幕上。我愛的平板電腦 Kindle Fire HDX，只不過是短短幾年前的產品，現在已經買不到了。

它會投胎轉世以更厲害的姿態出現，還是從此絕跡，我無從選擇，也無權抱怨。就算在網路上揶揄兩句，面對那龐大的力量也毫無招架之力。因為我的人生和我與 Fire 建構的平凡歲月，甚至算不上大河的一滴水花！

相對的，我也受到亞馬遜很多恩惠。

自己想要的東西經常推陳出新，總是被刺激購買慾，能夠遇上想買的東西，讓我們非常滿足。

如果是訂購什麼飲料之類的東西，幾小時就送上門。

各種契約都不動聲色地全部對對方有利，但是可以回本，所以大家都不在意，一邊做細微調整，一邊漠視微弱的批判聲，拿「將來一定會改善！」來搪塞，他們想必就是這樣哄著過勞死前還在工作的人們，逐漸改變時代。

再過不久運送的貨品將會從天而降。再過不久將會是機器人來送貨。他們現在就已經在一點一滴做準備了，所以哪天我們不知不覺落入它獨掌天下的世界也不會發現。

一切都在檯面下進行，但那是以極大的熱情進行，所以甚至不忍苛責。

如今我們沒有亞馬遜網站就活不下去。「水果」和「樂X」已經被完全超越。因為他們想破頭也想不出人家那種在檯面下鴨子划水如此瑣碎地進行周詳準備，一發表就立刻執行的實力，所以怪不了旁人。

我們早已選擇電視、書籍、日用品，乃至食物統統來自亞馬遜網站的未來。它不知不覺深入我們的生活，讓我們再也離不開它。

但是，無人飛機和機器人想必可以毫不在意崇山峻嶺與惡劣天候或樓梯，替偏鄉地區的老年人運送成人紙尿布和飲水，替行動不便的人把食物送到家門前。

那大概就是我們不知不覺選擇的科幻般的美好未來。

33 ＊牧水莊土肥館：旅館。地址：靜岡縣伊豆市土肥二八九之二，電話：〇五五八—九八—一〇五〇。

34 ＊土肥劇場：只有夏季營業的舊民宅電影院。地址：靜岡縣伊豆市土肥二〇六，電話：〇五〇—五三〇九—二四七七。

35 以伊豆土肥為故事舞臺的小說《鶇》與《海的蓋子》女主角分別是鶇與真理。

刺痛裸露的傷口

今日小語

我也是凡人，自然會悲傷痛苦。也會心酸無奈為之流淚。那是當然的吧。任誰都會。

這種時候我會看看天空，或是不停走路。然後跑去舞蹈教室專心跳草裙舞。光是看著我所愛的人們跳舞就能打起精神。舞蹈真的太厲害了！

或者翻閱我喜愛的人們創作的書籍，聽音樂，看電影。

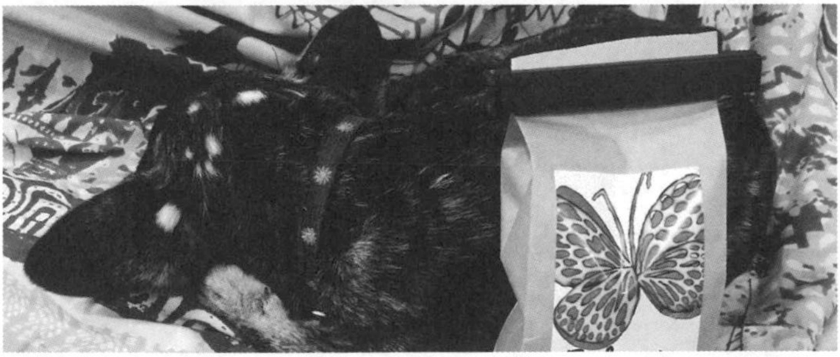

最愛的小花老奶奶和「GLAUBELL COFFEE」的漂亮咖啡豆包裝

意外的是，這種痛苦難過多半不會告訴身邊人。尤其是工作上的事或生死大事，畢竟這種事除了自己思考，誰也沒法子。

連著幾週都一籌莫展時，我會出門找通靈的朋友商量，不是去討個結論，而是為了釐清思緒。

在這種情況下，世間必然有某種藝術呼應自己的痛苦。我認為光憑這點，世界就已充滿救贖。有這麼多人甘願暴露自己的傷口只為救贖他人，那是一種善意。我想，光憑這點，待在這世間就有價值。

昔日把一切寄望於戀人或他人或家人的時候，我曾因過度孤獨毫無意義地哭著走過新宿及池袋（不是澀谷和六本木，這點很有老街庶民的感覺）。被搭訕也置之不理。只是哭著不停走。結果回到家時，已經覺得這時只要有人在家就很開心了。

如今我成了大人，哪怕將來必須獨自生活，只要還記得昔日真心愛過的人們，相愛卻已上天堂的人們，與我心靈相通的動物們，我想我就不會像年輕時那樣覺得自己孑然一身了。

都會是個獨處時會格外孤獨的場所。單只是物理上的單身，好像就會陷入什麼危險。會看到超乎自己容忍度的大批陌生人，好像人人都不孤單似的。

千萬不能被那個迷惑雙眼。正因為是在寂寞的場所，所以人們才會假裝自己並不孤獨。

因此，走了很久之後疲憊地在咖啡店坐下時，如果店員貼心地送上一句關懷之詞，光是這樣就能讓心情柔軟。

當心情如此軟弱時，我才頭一次理解和我一樣心情軟弱的人。內心或許曾有過對人生的傲慢與對他人的尖銳批判，這時也隨之溶解。

反之，如果遇上態度冷漠的店員，真的會很想立刻消失。

或許人人皆是如此吧。

如果我寫的東西，能夠像偶遇的好心店員那樣帶給別人支持與鼓勵，那麼我想，我還能繼續寫下去。

於我而言那只能是寫作（因為我不善言詞，也沒體力，運動神經欠佳，身為家庭主婦也做得一塌糊塗），但每個人想必都擁有某種那樣的東西。

我甚至覺得，只要有那個，之後就算別無其他，就算不努力，應該也無妨？

小魚腥草

FUKUSHIMA（福島）

我想福島人的內心深處肯定很受傷。

連抬頭都很困難，隨時哭出來都不足為奇。

「你絕對不會懂」的心情，和「謝謝你來探訪」的心情混在一起，在當事人自己也沒料到的情況下彷彿走馬燈輪流出現。

當人們真的受傷時的反應，不是悲傷，是憤怒。

那種憤怒好像是針對什麼，實則並無對象。
也不是常聽人說的什麼「其實是生自己的氣」。
「是對天道不公感到憤怒」這個說法已經很接近了，但還差了一點點。
為憤怒而生的憤怒自內心最深處湧現，那其實是一種自淨作用。

對於人類這種構造真的很巧妙的身心運作系統，大自然只是冷眼旁觀（核能發電當然不屬於自然）。
自然並不只是破壞、肆虐、恣意妄為。
就連腳下的小蟲子，都是從一顆卵誕生到世間，作為一隻蟲子飲食排泄繁殖，即便或許感受到小小的幸福，即便有許多在乎的事物，還是會被更巨大的存在（不只是自然）左右，說不定哪天被誰的涼鞋（這或許不是地震更像是核電廠事故）隨便一腳就踩扁。
那種針對一切無處發洩的憤怒，光是在那種種情況下還能活到現在就已是奇蹟，不管發生任何事，最後那個奇蹟都會一再重演終致流逝，這就是這個巨大社會的運作方式。
其中，感情是最脆弱的武器，而愛最強大。

只是冷眼觀望著這些，一邊重複著多得令人昏倒的次數一邊教育我們的，唯有地球的自然更迭。

那不僅僅是大膽。也纖細、完美得可怕，所以我們必須敬畏。

不思芭娜
智慧型手機GO？

世界很大，只要走出一步，所謂的常識就大不同。

在義大利，用餐時拿手帕擤鼻子再塞回口袋是符合禮儀的舉動。反之，用餐時吸鼻子不可原諒。

但在日本，嚴格說來似乎正好相反。

明知是習慣的差異，我還是忍不住每次都很在意他們口袋裡的手帕。

儘管是雞毛蒜皮的小事，但許多國家還有更大的差異。也有許多差異攸關性命。

穿著比基尼走在大阪的通天閣下大概不會被殺，但在哥倫比亞的貧民街那樣做，被殺的機率八成很高。可是若在泰國的小島海灘這樣做就毫無問題。

我在外國鄉村辦簽名會，意外來了一群完全不懂日文的人。我很好奇為什麼，結果他們說是因為從未看過日本人。我希望有人看我的書或者想用自己的作品救贖他人的想法被潑了一頭冷水。但是絕不能輕忽那群人。說不定他們哪天會閱讀，況且這本來就是人與人邂逅的機緣。不是為了錢。只要能分享，任何形式都無所謂。

我想，那是所謂差異或廣度的問題。

如果不能保持這種開闊的想像力，搞不好哪天就會出大事，或者必須困在狹隘的價值觀中過著窒悶的人生。甘於後者當然可以，但是價值觀太狹隘，也可能出問題。

話說，假設在某地區的街角，某個品味出眾的人把老家改建成咖啡館。

那間咖啡館真的很有品味，一切都漆成白色，沒有現成的廉價商品，是花費心思特地營造出東西長年使用的氛圍。燈也不是買來的，室內設計沒有標榜某某風格，堪稱是略有骨董店氣質的時尚咖啡館的先驅。

但我想其中還是有店主本人強烈的願景，並且很實際地從工匠的角度考量過動線與經費預算，擁有明確的力量。

把廁所塗白將裝飾盡量減至最低程度的店家想必很多，但這種白色與瓷磚與燈光與裝飾的絕妙平衡感，讓我不管去了多少次還是好喜歡。

只靠一個人的想像力，就讓原本只存在於老闆腦中的世界，和從小看的電影及攝影集中相近的世界，就此現身人間。

一切由此開始。

那就像藝術作品的完成，是創造性的瞬間。

那家咖啡館就像活生生的藝術品，人氣越來越高，在當地一角掀起潮流。擁有一定品味的人漸漸在此聚集，生活，開店。原先的咖啡館也擴大了。如果沒有這一個人腦中的世界就不會出現的街區，就此誕生。

換言之，那是「具有某種特定色彩的生活模式」的人喜歡聚集的地方，集合了「價格不低卻真的很優良的東西」、「沒有感染商業主義，具有思想性的東西」。

比方說就像美國的艾米許人（Amish），無法對那種品味產生共鳴的人只覺得太樸素，看不出好在何處，而且大概也嫌太貴。

但是對信奉那種品味的人而言那是聖地，每樣東西都是透過正確的眼光精挑細選出來的。問題在於那一帶多多少少算是有名的觀光區。不難想像，大概有很多人只是來遊山玩水，根本不理解那種品味。那些遊客拿起店裡販賣的商品搞破壞、攝影、吵鬧，想必破壞了那一角原本寧靜的生活模式。

世間無奇不有。有各種階層的人，各種思想的人。全都不同。要同樣生存在地球上，只能在某種程度上互相尊重談和。我相信身邊的和平就是世界和平的開始。所以好好觀察對方並且誠懇對話想必很重要。必須互相體諒。

記得有一次在夏威夷，我們去了只有素食者會去的安靜餐廳。餐廳附設瑜伽靈修中心，寬廣的庭園很美。那裡只有面露祥和笑容的沉靜人們。

我想我和朋友、小孩可能有點吵。雖然我們已經比平時安靜多了，卻還是忍不住對美麗的庭園與美好的菜色發表感想，結果似乎擾亂了餐廳本來徐緩靜謐的氣氛。

餐廳裡的人帶著溫和的微笑，一個接一個悄悄走了。

他們的眼神訴說了一切：你們似乎是好人，我對你們抱著好感，很高興你們光臨，但是你們有點不同，你們似乎不是我的夥伴，所以我悄悄離開了，請在我們這地方盡情享用。

我當下老實覺得，「唉，真不好意思。只因為不是同道中人，就算沒有故意吵鬧，但該說是波動嗎？總之我們的存在本身就成了一種干擾呢。我們不該來這裡，很抱歉。」

他們沒有臭著臉大張旗鼓地離開，只是保持安靜就讓我們明白了，所以我想那也是一種對話。

我想，尊重那種人，不去妨礙他們，應該也是我能做的之一。我可以用不再去那個餐廳來表達善意。

前面提到的那家咖啡館所在的一角，也有這種安靜的排他性。而且在日本會更注重禮儀規矩，但工作人員的品味和氣質真的都很好。

不能大聲說話，不能在店內攝影，不能跑來跑去舉止粗魯。這些規矩我都能理解。某日去咖啡館，因為人氣高，又碰上假日，所以大排長龍。我想買植物送給友人，於是告訴家人我要去咖啡館附近某間商店買東西，公公和丈夫還有孩子就先去排隊了。他們說有座位時會通知我。

我走進咖啡館附近的那間店時，正好收到 LINE，於是取出我的 iPhone。

這時店員說：「不好意思，本店禁止使用手機。」

「我知道，只是臨時有人傳訊，我看完就立刻收起來好不好！保證不會講電話啦。」我開朗地解釋。

但他聽了更加強勢說：「小姐，我認為，手機現在不看也沒關係。」

當下我無法形容那種違和感，只好說：「那我離開。」

然後在外面看訊息。家人告訴我有位子了所以他們已經就座。

然後我再仔細一看，店門口貼了告示，上面用五公釐大小的字體寫著「店內禁用手機」。我回到店內。結果，之前那個青年（看起來是個非常正經和善的人。我猜他的生活模式八成全盤吻合該店的思想）一直在觀察我。他的視線如影隨形，讓我覺得自己好像是罪犯。本來該買的東西也不想買了，我懷著罪犯的心情走出那間店。

後來，我一直在思考是什麼讓我產生違和感。他給人的印象良好，打扮時尚整潔，毫無陰沉的氣質。我想正是因為如此吧。

不是因為被惹火了很不甘心。也不是像夏威夷那個瑜伽中心那樣「讓我這個異物混進來真抱歉」的率真心情。

我想我只是討厭別人教訓我「關於我的生活方式」。什麼時候看手機？除非真的很沒禮貌或製造噪音、在店內攝影，否則我認為應該安靜地交由個人衡量。

能夠決定「現在不看手機是否沒關係」的人只有我。那對我的人生而言是重要的一部分。

讓老人家為我排隊，而且還立刻傳訊給我，所以我想立刻回覆。

那雖是我個人的私事，卻很重要。

重點並不在於那是正不正確。

只是，人各有不同，一如那些人想排除「智慧型手機」，我也有我重視的東西。對他人而言或許微不足道，對當事人自己卻很重要的事物隨時可能存在。我想，正因為如此才需要對話吧？

我絕對不是要強調「我有權利在我高興的時候看我自己的電話！」。事後我也老實反省不該走進那種店打擾人家。知道了之後，我想我再也不會去。就像那家素食餐廳一樣，自己的存在既然可能影響別人的心情，那就犯不著非要去那裡。

在那間店禁止使用手機之前，我在那裡買過很多東西。例如心愛的香水、畫有大象的杯子、還有盤子。雖然有點期待能夠再找到那樣的商品，但我還是決定從此再也不去了。

而且，我想我也不會再去其他禁止使用手機的店。雖然我自己也主張用餐時盡量不看手機。

想必每個人閒來無事都會看手機，大概也有人拿來玩遊戲。但那說穿了終究是用來與人聯絡的工具。比方說用手機通知某人死去或誕生的消息，這種事人人都可能隨時遇上。

實際上，我就是透過我姊的簡訊得知我媽的死訊。

當時我有點感冒，於是去了SPA會館，做完精油按摩後，喝著熱茶拿起手機開機，然後就收到姊姊通知母親死訊的簡訊。

「天啊！媽真的死了。我以為她在睡覺結果是死了。」

我定定看著手機螢幕，一度站起來，不經意望向店外。外面是一如往常的表參道街景。來往穿梭的人群。

然後我想一切都已太遲了，於是又坐下。

店內看起來和剛才截然不同。人們平和地挑選洗髮精和護手霜。櫃檯的人對我露出溫柔的笑顏。這不知讓我多麼安心。我當下感到，我的日常生活仍在繼續，我必須振作。

後來我又經過那家禁止使用手機的店前，當然過門不入就要離開，沒想到在咖啡館工作的溫柔中年女性叫住我。

「上次年輕人不懂事，做出失禮之舉真的很抱歉。謝謝您再次光臨。」

我在推特上寫得相當含糊，虧她還能看出來，我心想這樣反倒是我對那個青年不好意思了，於是態度尋常說：

「不會不會（反正我不會再去那間店，況且我想在我高興的時候看手機，所以只要自己不去就沒事），沒想到會被妳看出來！反倒是我發那麼多牢騷不好意思。」

說完我就走了。

結果又被我家小孩揶揄：「媽媽妳真的是很愛客訴的奧客耶！」

我發現變成歐巴桑後果然都會很想說「這年頭的年輕人真的是……」，同時也決定自己要在更沒有違和感的世界生活，如果因此成了少數派也沒關係，那就去描寫那樣的世界吧。

附帶一提，在這個例子，品味卓越又有領導能力的某人的願景，作為生活模式的提案得以推廣是好事，但在推廣的過程中竟然不可思議地在下一個世代產生無形的規矩束縛。

我無意譴責這點，只是覺得事情往往容易變成這樣吧。

欠缺的不是願景，是幽默感與寬容，如果有那個應該會成為更悠然的空間。再者，如果沒有幽默感、寬容也沒有臨機應變的能力，只是秉持思想性堅持下去，應該會變成像那個瑜伽中心的素食餐廳一樣充滿安靜排外性的場所，那樣也未嘗不可。

想去什麼場所，本來就是每個人的自由。

這點，讓我感到世間難以想像的巨大自由。

包括我不再光顧的自由在內，個人腦中的願景要在世間出現幾乎全憑當事人的自由，這麼一想就覺得太厲害了，這世上理所當然存在著奇蹟。如此包羅萬象的現象被容許有些人卻沒發覺，或者因為自己被遠離力量泉源的父母養大，於是就想在社會釀成殺人和虐待的悲劇，真是太不可思議了。

大家其實都擁有心想事成的能力，實際上也的確有很大比例實現了。

我已提過很多次了，人心的力量之偉大，我們真的還只了解到皮毛而已。

上次去挺高級的壽司店，吧檯前坐著兩位花枝招展的大小姐。

聽到我和家人對廚師說「吃牡蠣會過敏」，她們立刻主動笑嘻嘻地搭話：

「我也是耶～」

「那麼好吃卻不能吃真是不甘心～！」

兩人來壽司店卻散發強烈的香水味，而且衣著暴露。

每次壽司送來，她們就忙著拍照還頻頻驚呼「好可愛，這個鵝肝超可愛！」「海膽超好吃～」最後叫了茶碗蒸。

「到頭來我還是最愛茶碗蒸！」（這明明是壽司店！壽司師傅這時肯定也跌倒！我忍不住把酒都噴出來了）

「我也是～」「上面有勾芡～」「還放了海膽超可愛～」兩人大呼小叫，「這間店超好吃，下次我還要來！」「對啊～我們下次再來吧～謝謝招待！」最後如此討論完畢後就走了。

除了她們身上的香水味以外都不是什麼問題，讓人無法討厭她們。

這種人人各有不同，真的很微妙的「偵測器」，或許就是非常重要的野性直覺？

我絕對不認為自己的判斷永遠都是對的。一絲一毫都沒這麼想。我所知道的，只是對我自己而言的感受。我也壓根不打算推銷給全世界。只希望能提供一個思考的契機就好。對我而言是立刻適應還是感到違和？是感到違和卻說不出口的氛圍，還是出入自由？我認為思考這個很重要。而自己的事，當然只有自己能夠理解。

我總在想，許多事物或許有一天會被淘汰，而自然法則應該會給出答案。

還有，雖不知為什麼，但我想，自然法則八成不會判定那兩位女孩有罪。

吃很重要

今日小語

有一次在臺灣發現自己的飲食散文集時，不禁竊喜，卻赫然發現書腰寫著「宇宙第一吃貨」（雖然是中文，但我多少可以猜出意思），結果又逗得我家小孩大笑。

對，我是吃貨。外面刮颱風，電話鈴鈴響發出避難警告，可我為了吃竹花市子（不是魚腥草妹是料理妹！）煮的飯，哪怕得自掏腰包也要立刻搭計程車去參觀她的拍攝工作，我就是這種人！

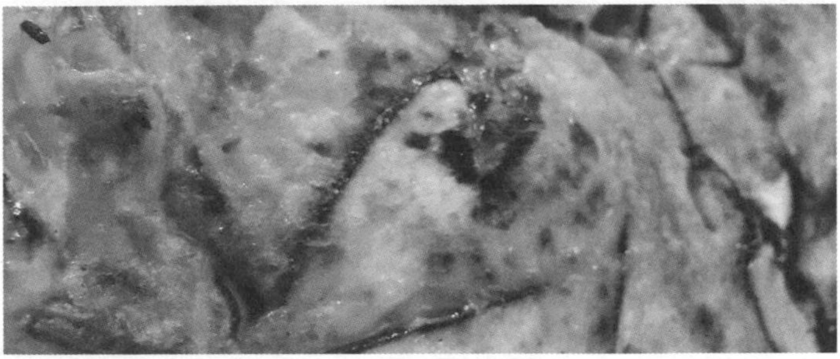

市子做的長野烤餅。濃稠，鬆軟，起司，魚露的大合唱。山茼蒿莖據說是味道的關鍵。

我的確也非常注重健康，但在有限的人生中，我想盡可能吃好吃的，如此而已。

平時只要有雜糧米或白米，放上蔬菜和醃梅子，再加上料多味美的味噌湯我就很滿足了。

不過，蔬菜得新鮮飽滿，醃梅子也得夠酸夠帶勁才行。

一度過勞病倒後，開始注重飲食算來已有二十年。

我想我的身體的確改變了。

以前，我認為動不動就說這也不能吃那也不能吃的人「神經質又虛弱」。但是撇開關於世界食物的種種陰謀論是真是假先不談，隨著並非不可能的可怕訊息傳入，我逐漸認為「自己不是家畜，所以應該慎選入口的食物」。

錢不夠就靠自己下廚多花心思來補足（笑）。吃得簡單是基本。

當我對這樣的每日三餐感到「怎麼又是味噌湯」時，就表示肚子還不餓所以不吃沒關係。

等到真的餓了，就會知道好吃的東西就是好吃。偵測器變得敏感，所以更懂得滋味。

附帶一提，很遺憾的是，標榜長壽食養法（marcobiotic）和素食（我相當接近那個狀態，但並不是）的餐廳，幾乎有一半都只是口頭宣稱「根據長壽食養的理念烹調，素食取向」，實際上並未採取正確的烹調法。過度油炸，過度燉煮，或者味道過於濃厚。

真正可口的糙米與蔬菜料理，是真的超級好吃，甚至幾乎不吃肉也能活下去！

偶爾迫不得已也會吃些含有添加物的食品。倒也沒有吃壞身體，只是覺得不好吃罷了。無論是醃梅子或三明治，乃至湯湯水水，這些東西明明加了各種食材，味道卻千篇一律。千篇一律的甜，整體過於黏膩，殘留舌間，而且讓身體驟然發冷。

我不認為能夠觀察到這種反應的自己過於神經質。我倒覺得自己擁有敏銳的偵測器！如果每天吃那種東西，不可能不對身體和情緒造成負擔，這麼一想不免感到悚然。

這個偵測器是我培育出來的，是我的寶物。

我想好好珍惜到死。

各位不妨有意識地排除添加物幾年。味覺一定會變得更敏銳。

然後就再也回不去了。那才是生物的正確狀態。
愛惜食物，讓那種添加食品從世上減少。花錢之前先有意識地思考一下。
當然我偶爾還是會狼吞虎嚥咔辣姆久玉米脆棒或洋芋片！

事物沒那麼單純。
日前我去一家店內只有年輕人的「專賣蔬菜」餐廳吃午餐，蒸籠裡的花椰菜泛黃酸腐，陳腐發霉的高麗菜心還拿去蒸，結果有幾隻蛆也一起被蒸熟了。
的確是沒有使用人工添加物，只賣蔬菜沒錯啦！
如果沒留意，被招牌騙了還以為吃這個對身體有益，未免也太可憐了。

「妳太忙碌，幾乎都沒睡覺吧。睡眠不足導致血糖過高。怎麼還沒病倒……啊呀，妳自己煮飯是吧！」
我因為工作關係見到某位能夠通靈的銀座知名算命師，對方一看到我立刻如此鐵口直斷，讓我非常驕傲。

我喜歡在餓得快昏倒時，把新鮮蔬菜蒸熟後大口吞嚥的那種幸福。

坐在抱著「要讓客人吃美食！」的心情經營的餐廳，看著廚師精神抖擻地烹調是我的最愛。

宇宙第一吃貨的旅程，依然繼續在走……！

小魚腥草
從海上看到的景色

從海中看沙灘，好像就能理解從天堂看地上的人有多麼熱愛世界。

亮眼的青色山脈，溫熱細膩的海水，靜靜吹來的風與燦爛的陽光，全都可以用身體去感覺。

正因如此，我發現此時此地有自己的身體是多麼偉大的奇蹟。

看著藍天下的青山，就算周遭有再多的聲音，不知怎地唯獨自己的耳朵一片寂靜無聲。老鷹的聲音，孩童的聲音，沙灘上的廣播。一切似乎都屬於遙遠的地上。

在那無聲中，自有世界的秩序。不是政治亦非經濟。是讓我們活著的力量，是未來將迎接我們的力量。

一切都在巨大的無聲中。

就像品嘗棉花糖，我們擁有每天品嘗那個的權利。

當船抵達港口時，汽笛響起美妙的音色，海中的人們全都望向港口。

超喜歡的人搭船抵達，馬上就會從港口沿著沙灘來到我眼前的海邊。我浮在海中，興奮地等待。

在地上的喜悅，那是我最愛的瞬間。

不思芭娜
市子

以前我家附近有一間很棒的餐廳「TAKEHANA」，供應的菜色既像是歐亞大陸料理又像墨西哥菜，但又有點亞洲風味，總之很不可思議。所有的菜色都以絕妙的平衡感使用各種香料，又有點日式氛圍，酒也很好喝，最主要的是市子的動作很精彩。流暢如行雲流水。我經常目不轉睛看著她的動作。明明片刻都不曾靜止，卻不覺得她忙得心浮氣躁，可也不像是內心想著要休息。根據腦中的想像聚精會神處理菜餚的樣子很神聖。

店內裝潢也很不可思議，同樣既像歐洲又像南美，又有點亞洲風情。倘佯在這個讓人不知身在何時何地的空間中，大家得以暫時忘卻日常。

年輕時，我看過很多她寫的歌詞。甚至有些還背誦得出來。她的詞中蘊藏的晦暗縹緲的美感，也同樣蘊藏在她做的料理中。

後來她成為四處漂泊的廚師，有時在自家開餐廳招待人，有時在雜誌上連載料理情書單元，撰寫獻給心上人的菜單，有時應邀去別人家發揮廚藝。

她的手藝一如從前開店時，甚至磨練得更加出色。站在廚房的她，就像站在畫布前的畫家，揮動平底鍋時肩膀完全沒有緊繃用力。目光犀利。對料理不時有靈光乍現。

「如果不了解『並非只有金錢才是報酬』會很可憐。」市子說。

這種想法如實反映在她的料理風味中。菜餚，遲早會消失。就算拍下照片，味道也無法永存。但是只有她才調得出來的味道，我們可以秉持共通的確信歷歷如在眼前地想像出來。

「一對住在瀨戶內島的夫婦邀我去做了幾天飯，好不容易慢慢掌握到陌生廚房的個性，每天用當地食材煮飯讓大家吃得開心，最後一晚已經很累了，但是滿懷幸福地走出門，只見巨大的滿月照亮海面。」她說著嫣然微笑。

那就是宇宙給她的報酬。想必在場任何人都會衷心點頭同意。我想，能夠讓人如此爽快點頭的機會並不多。

與市子攝於濱松

老人家是活神仙

今日小語

去山形縣採集日本傳統木偶資料時，在鶴岡某木偶作坊的九十歲工人五十嵐老先生的家中，有幸觸摸到他工作用的轆轤。

「傳統的學徒習藝很嚴苛，但是一般人的話怎麼碰都沒關係，況且看到有人喜歡木偶，能夠邂逅好人，真的很開心。」老先生如此滔滔不絕。

一般木偶工匠不會讓人碰觸自己的工具，所以我認為這位五十嵐老先生真的是少見的人物。

津輕派木偶工匠五十嵐嘉行老先生 36* 做的可愛臉孔的木偶們！

即便徒弟當著他的面開始睡午覺，他也只會說：「不需要枕頭嗎？」那種爽朗與體貼讓人很感動。

按摩他的肩膀時，發現他很放鬆，肌肉柔軟有彈性。

當他站在轆轤前，頓時姿勢一變進入真正的專心狀態。動作敏捷，身體線條流暢輕盈毫無贅肉。

對於時間孕育出的那種偉大，我們只能致上最高敬意。

我的木偶老師和木偶女老師，大家都在短期內認真向他學習，迅速提升了技術與意志。附近的鄰家大嬸和酒家媽媽桑總是順路來他家探望，隨手照顧他一下，幫他做點家事，陪他聊天，沒什麼特別的。他們的一舉一動看似平淡卻很偉大。

老人家隨手做出異樣美味的小菜，我要把坐墊讓給他，他卻一本正經地說：「坐了坐墊，萬一懷孕那可就麻煩了。」堅持推拒，還問我們該怎樣才能讓頭髮光滑柔順閃閃動人，生疏地用外來語註明「潤絲精」抄寫下來。隨時隨地都好可愛！

看到那些老太太七嘴八舌「還是腦新[37]最好」、「腦新最適合我的身體」一邊大口吃腦新止痛藥，還在雪印牌起司塊上拚命撒鹽巴，我恍然大悟，「嗯……昭和時代。」

我父親之所以一直說「比起名人，市井小民之中才藏著真正偉大的人」，我確信那和他就讀山形縣米澤的高中多少有點關係。

小魚腥草
鶴岡的小魚腥草們

這次是真的魚腥草的故事。

做木偶的老師傅每天會在水壺放入大量魚腥草燒一大壺茶。

燒開後就把水壺放在一旁，想喝時就喝。

據說老師傅幾乎從不感冒。

最後一次感冒據說是六十歲時。

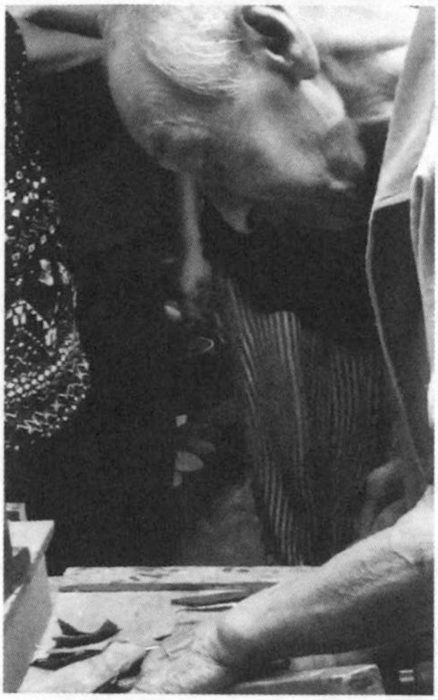

五十嵐先生

和我罹患感冒次數的單位好像大不同……

他每天從大白天就開始喝日本酒，晚上還經常上酒家，卻很少宿醉。骨頭很結實，也沒有老年失智的症狀。

他說都是因為他天天喝這種茶，並且「把黑芝麻、海帶、小魚乾、蝦米磨成粉撒在各種食物上」。

「這種茶如果把魚腥草和日本打碗花一起放進去煮可以排毒，男的喝了會硬梆梆，女的冷感立刻治好。」他還再三如此強調，隱約帶點情色風味。

不過老先生就算開黃腔，還是氣質高雅、神采奕奕，一點也不色情。

老先生去喝酒，會先擺一萬圓在店裡，然後不結帳就離開。

聽說有些酒家看準他這點，想向他騙更多錢，讓我真的覺得很悲哀。

不，這種事老天爺都看著。

上天肯定明察秋毫。

只要有人的潛在意識發揮作用，遲早會有因果報應。

替老先生按摩肩膀，發現他的身體很軟，一點也不僵硬。內臟全部都在發聲：

「沒問題喔，倒是妳這麼好心，讓我們替妳加把力氣吧。」

然後我就感到力量源源傳來。頓時精神大振。

就是因為他一直這樣盡量對人付出，才能有那麼無垢爽朗的笑容吧。

人生對任何人而言都有許多苦澀煎熬。

老先生的妻子身體不好已經無法一起生活。

也有人只想從他身上騙錢。

想必也有人催促他盡快做出木偶。

周遭的人想必也一直希望他能夠更配合一點怎樣怎樣吧。

但是對於這些痛苦，他只是偶爾吐苦水發洩一下就又吞回肚裡，寧可在佛壇前念經，選擇信仰中生存的痛苦（好的一面）。這種偉大的人，我們的國家還有。

喝點小酒愉快唱歌，倒頭就睡，明天也繼續活下去。
然後把魚腥草茶（記得要放打碗花！）靜置，完全冷卻之後再喝。
若有訂單上門，就保持自己的步調不疾不徐努力製作。
那就是人生。

鶴岡位於出羽三山的山麓，置身在美麗的盎然綠意與山脈徐緩起伏的風景中。稻田的青翠和山脈的碧綠，還有新鮮的空氣與涼爽的清風，光是站在路上一下子就從五感鑽入，讓人不禁脫口而出：「哇，簡直太舒服了！」

這種舒服的感覺，想必年輕時住過山形縣的父親也用全身感受過。

此地有座祠堂，專門祭祀生於鶴岡的明治時代最高靈能者，據說青春不老、幾乎不必進食的長南年惠女士。

去了一看，祠堂掛著年惠女士相貌年輕的照片，野生的魚腥草從祠堂下方倏然探頭。

連這裡也有魚腥草啊，我默想，對這位生涯離奇的女士合掌膜拜。同時也在想，在這種擁有奇妙氣場且豐饒美麗的土地，就算自然而然誕生這樣的人物也不足為奇。

彷彿在此地也與在背後努力默默支持這種偉大人生的魚腥草們目光相對，我真心對雙方感到佩服。

不思芭娜
我想要彩色

這個話題出現太多次實在很惶恐，但對我而言是很嚴重的問題，所以就算出現幾百次也要寫。

鶴岡也有臉孔非常生動的黑聖母教堂

蒼鬱的森林

順便聲明，我一直受到亞馬遜網站照顧，所以絕對不恨它。不如說很想誠實地親近那種權力！

哪怕那個看到飽的優惠實際上只是「隨時有十本書看到飽」！

書籍是什麼？

是把人們腦中的思想變成文章，與他人分享的管道。

最重要的是內容，這點自然無庸贅言。

但是，打從太古的久遠往昔，書籍為何不是劈頭從文章開始，我認為還是有其理由。

書中寫的詛咒的力量，藉由裝訂成冊加上封面遭到封印，做出魔法陣以便與現實世界畫出一線之隔。我認為那很重要。

因為這世上危險書籍太多了。

藉由裝訂成冊加上封面，得以確保安全。

人類大概本能地知道書籍在本質上很危險。

我認為「紙本書或電子書」這個議題毫無意義。

因為將來電子書占的比例會越來越多，兩者同時發售成為理所當然，只有特別喜歡的書才會購買紙本書保存的做法大概也會變得理所當然。我認為，比較有生存危機的反而是文庫本。

話說回來，此刻對我而言最可怕的問題，就概念而言完全無法理解的問題，就是「非Fire的Kindle電子書閱讀器是黑白的」。

無論再怎麼清晰易讀，電子紙張讓螢幕看起來多麼漂亮，多麼方便攜帶，電池多麼持久，可以與人分享，或是可以夾電子書籤，可以畫線……這些統統不重要（不不不，其實也很重要）！

「為什麼封面不是彩色的？光是這點就不行。」我這麼想。

插畫家為了那本書不眠不休絞盡腦汁想出漂亮的顏色，設計者運用插畫設計出可以妝點書本內容的封面設計，編輯一再確認色校，好不容易那本書終於可以從「某人的腦中」前往「他人的家」。那種魔術般的過程是最重要的過程。

結果居然永遠是黑白的，太過分了。不該是這樣。

專業人員已經做到應有的職責，所以請別讓它消失——我當然不是要走這套人情論。我認為那和「從現在起電視要從彩色變回黑白喔，所以松子[38]的節目也只能看黑白的喔！美食報導節目也全是黑白的喔！」幾乎毫無分別。

寫這種問題，總有人提醒我「遲早會改善」、「那個已經在討論了」，所以我當然對於各方意見不一完全沒有異議，但問題是「現在」，機器沒有以「書封或照片是彩色」為大前提，我認為是顛覆書籍本身意義的危機（雙關語[39]？）。

36 ＊五十嵐嘉行先生：木偶工匠，生於昭和二年。跟隨間宮正男師傅學習製作津輕派木偶。

37 腦新（Norshin）：退燒鎮痛藥，昭和初期就推出各種廣告，因此家喻戶曉。

38 貴婦松子：專欄作家、女裝藝人。是目前當紅的節目主持人。

39 「機器」與「危機」的日文發音相同。

從靈異學的角度解讀浪花金融道

今日小語

以前在第一時間看到這本漫畫《浪花金融道》[40*]時（當時還不流行打電話來假裝親朋好友騙錢的詐騙手法，是電話 Dial Q2 詐欺[41]鼎盛期），我完全無法理解。

明明只要自我宣告破產就好，這些人幹嘛不這樣做？

是保證人與連帶保證人的差別嗎？

票券行也賣門票嗎？

那簡直是另一個世界，是只要認真生活不借錢的話就不會接觸到的世界。和我一輩子都扯不上關係。當時我這麼以為。

田園調布「茶春」餐館的筷架

然而，被騙了幾次錢，買賣土地，基於資料所需買了股票，辦貸款，採訪各種人的說法後，不知不覺我已相當理解這本漫畫的內容，這點最讓我驚訝。我竟然不知幾時學會了！

這也讓我明白自己能夠平安脫身有多麼幸運。

《浪花金融道》的電子書封面是彩色的，一口氣全點開後，我的 iPad 上的 Kindle 畫面好像忽然變得很不穩定……（明明是自己堅持一定要彩色封面！這時甚至覺得還是不要彩色比較好……）

然後，我發現不知幾時我已不再認為「這是社會底層的故事」。

因為，只不過是層級（不是收入的層級，是神祕主義思想家史威登堡式的層級）不同，只不過是表現手法不同所以世界自然不同，自己所屬的出版界有出版界的詐欺，靈異界有靈異界的地下金融，有詐欺，有炒作手，也有受騙者……只是型態與語言稍有不同，以及受到的損害種類不同而已，就某種角度而言，其實是同樣的構圖。

所以我們應該常保同樣的心態，況且如果不能巧妙逃離「愉快地撈錢吧，現在借錢下個月再還」這些想法中的陷阱，就會在別的層級（不是趁夜落跑或逼家人賣身抵債，但在那個世界代表的意義完全相同）發生同樣的事情。

最重要的一課，就是即使真的不小心落入那種糟糕的地步，也的確有些男女能夠在心中抬頭挺胸有志氣地熬過去，最後終於成功（我就看過好幾個這種厲害人物。他們已經完全是超能力者了），他們堪稱是地表最強（但最強者之一，書中的朱美，我覺得她身上的刺青太多了。若是為了證明愛情，小小一塊就行了吧……她和男主角灰原去看滿月，說到「滿月圓滾滾的不會刺傷心靈，真好」的這一幕我都哭了！）

還有，有些人即使很想向我借錢終究還是沒開口，這點也非常重要（我自己都還欠債，所以絕對不會借錢給別人。雖說是房貸，但在這年頭那跟借高利貸沒啥兩樣。他們沒有動不動就訴苦，努力珍惜和我的關係，始終沒開口借錢）。

對，我只是個天真的女性小說家，這點千萬不可忘記。

當這種心情因為傲慢，還有自以為處於舒適圈而喪失時，我肯定也會把什麼東西賣給別人吧。

小魚腥草
東京金融道

每天跟我一起搭車的工讀生，不管發生任何事都不認輸，早已遠遠超越所謂的不良少年，曾經是正牌小流氓。

我們忐忑地互相幫助，最後甚至還一起刺青（但我倆可沒那種曖昧關係）。

不知道為什麼，坐在他駕駛的車上時總是格外安心。

或許是因為我知道就算跟誰發生糾紛他也絕對會贏吧。

女人就是有這種毛病呢。

——我女朋友心理出了點問題，動不動就劈腿鬧分手。不過，她被人強暴過，就在她打工地點附近車站的廁所裡。很屈辱很痛苦。所以希望我不存在吧。

聽到他這番話，讓我不知道該說什麼才好。

我只能說，希望你們能盡量交往下去。

比起當時我突然結婚的麻煩，這二人的關係遠遠更加沉重。

雖然外表看起來明明是像高中生一樣可愛的小情侶。

後來他找到工作要辭去打工的最後一天上班日。
即便坐在副駕駛座，也能憂鬱地感到等待他的沉重命運，男孩子要成為男人的沉重。
就好像，明天要上戰場了。
但他還是非去不可，這點我也非常理解。

他的新工作是替地下金融業討債。
但他很快就因為遲到被剃成光頭。
來我這裡之前他做過酒廊小弟（據說因為發生殺人命案，酒廊被迫停業），在友人的酒吧打工，替酒鋪送酒等等，他的青春時代多半從事遊走在危險邊緣的工作。
我甚至不明白他怎麼會願意來我這裡打工。

後來，因為沒機會打交道自然不可能特地見面，但某次，忽然有個流氓敲我的車窗把我嚇了一跳，我立刻擺出防備的架式，這才發現原來是他。
他滿臉笑容，穿著黑道愛穿的西裝，臉孔倒是變得比較成熟了。

我們打招呼，握手，綠燈亮了，他急忙回到後面那輛車窗漆黑的大型賓士，他口中那個負責開車的「學長」，看起來絕對是我在路上遇到會忍不住避開目光的那種人。

後來又過了很久，偶爾他會傳來和工作內容無關的，他太太或可愛孩子的照片。我看了很開心，甚至覺得自己好像很少這樣只想打從心裡微笑。想必他一定很疼愛很疼愛他們吧。

因為他說過，做討債工作最為難的，就是接電話的對方是小孩子時。

——哪，其實心裡非常不甘心，可是對方力量太強絕對打不過時該怎麼辦？

朋友差點被演藝經紀公司的人侵犯時，曾經氣得這樣傳簡訊給他。

——無能為力的場合，若是我的話會死心。自我調適。

這簡短的回覆，蘊藏著他無數個失眠的夜晚。

比起隨便找人商量得到冗長的回覆，這個答案遠遠更有分量。

我會死心，自我調適，和那些人徹底斷絕關係。

有一次因為工作關係一起去大溪地，他那爽朗的晚輩表現讓一起旅行的年長男人們都很喜歡他。

起初明明很害怕，最後大家卻爭著想跟他說話。男人們圍著他七嘴八舌甚至吵死人了。本該是充滿不安的旅行，最後他卻像國王一樣理直氣壯地結交了一群哥兒們。大溪地異樣蔚藍的晴空下笑得天真無邪的臉孔，迄今我仍很珍惜。

我很慶幸在他多災多難的人生中，能夠加上那次旅行。

不思芭娜

達人

我非常尊敬管啟次郎老師，不只是因為對他的旅遊頻率、精彩文章，或知性深有所感。

管老師真的是很奇妙的人物，在我對人生迷惘時忽然出

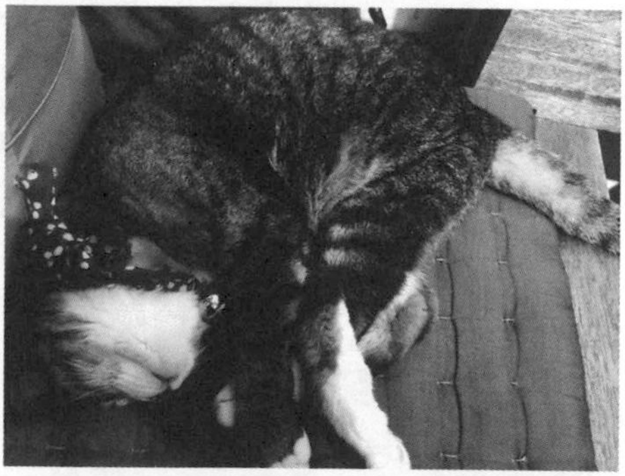

下北澤的泰國餐廳「tit-chai」的艾姆酣睡的療癒照片

現，忽然撂下一句重要的、讓我永生難忘的贈言，然後又就此離去。

第一次邂逅他的書[42*]是在我住院時。

我是隨手抓起幾本書塞進旅行袋就去住院，所以完全沒多想。但，我想那是命中注定的相遇。

當時的我躺在病床上只能看窗外風景，無法自由外出，天天穿著睡衣過日子想必也是一大原因。

從他的書中，不，唯有他的書中，散發夜晚、清風、自由的氣息。

啊，對了，在陌生城市推開窗子時，覺得空氣氣息很新鮮的那種心情。有點徬徨有點爽快的感覺。這些都已遺忘許久。本來已疲憊得像條破抹布，即便在旅行地點也只想休息，但我忽然想再次外出，想去玩。我迫切渴望能用健康的身體接觸那些新鮮事物。

那本書的魔力滲入我心底，深深扎根，不知不覺讓我振作起來。

前年我才剛搬家，精疲力竭也沒做事前準備（甚至就連管老師的書都還塞在紙箱中沒有發現）就去參加談話秀時，管老師說：「大家晚上不要上網，不如好好睡覺。最好可以盡情休息個七、八小時。」

在他說的話語和聲調中，睡眠的最佳時刻、對健康有益的睡眠品質、如何盡快克服時差這些老生常談全都消失了，我一直在尋求的某種東西滲入心中。

我開始理直氣壯地把重點放在睡眠，也迅速從搬家的疲憊恢復。

他說的話，還有一點也讓我覺得很厲害。

對於「在國外遇過危險嗎？」這個問題，他回答：「沒遇過致命的危險，但是曾經遇過某些時刻和地點讓我覺得不妙。那種時候，也不知道是自己的問題還是磁場不對，會忽然中了邪，就好像被什麼給吸引過去。」

啊！對，就是那個！我暗想。

在國外，有時明明可以不用現在去，不知怎地卻一個人跑去買東西時，稍微放鬆戒心就走進危險的地方，如果冷靜思考本來不該發生那種狀況，卻變成那樣。當時那種感覺就像他說的，既然如此，為了避免那種情形，首先只要把注意力轉向保護自己就行了。

之後，不用胡亂害怕或過於逞強也沒事了。

他帶給我這麼大的幫助，但他本人肯定毫無自覺。倒是我依然用力過度，好像還曾自作多情地以為如果把這些話傳達給這個人一定能幫上忙。那種刻意用力只會造出新的「業」。

像他那樣，光是存在就能在必要之處傳達必要之詞，才是所謂的達人。

40 ＊《浪花金融道》：一九九〇至一九九六年連載於《*Morning*》，講談社。作者為青木雄二。

41 Dial Q2：網路普及之前，日本NTT電信公司提供的電話號碼以〇九九〇開頭的電話語音服務，後來出現許多詐騙事件，目前已停止這項服務。

42 ＊《狼帶著跑的月亮》，二〇一二年，河出文庫。

不管有沒有鬼
（拯救人生危機的魔法字眼）

今日小語

我認為這句話可以代換在所有的事物上，是充滿魔法的話。
不管有沒有戀人。
不管有沒有錢。
不管肚子餓不餓。
……重點是自己想怎麼做，想成為怎樣的人。

只要能釐清這點，通常都能以實際的應對方式克服。而且如果失敗了，只要再次提出上面的問題就可以重新振作。

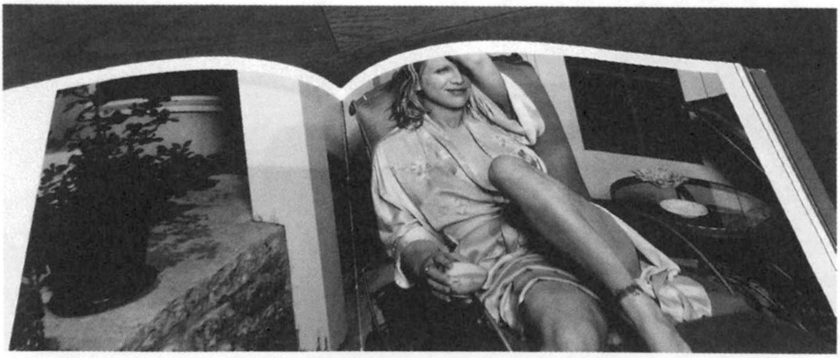

我翻拍安妮．萊柏維茲替寇特妮拍攝的照片中我最愛的一張，應該不至於觸犯著作權吧。這次的照片非此莫屬，所以請多包涵！

不管有沒有鬼，自己都可以安然入睡。

這麼一想，就算在外地旅行投宿看起來很可怕的旅館也能勉強應付過去。

不管這世上有沒有鬼，會怕的就是會怕。

或許是人心的軟弱與陰暗，以及恐懼死者的本能讓人如此錯覺，或許實際上真有邪惡的死者在世間徘徊。

總之不管怎樣，重點是自己現在想怎麼做，想怎麼生活。

我認為就是這樣。

上次夜裡一口氣看完《HOBO日怪談二〇一六》，全身嚇得發抖走下黑漆漆的樓梯，結果都深夜兩點了，不知道為何兒子還沒睡，於是我就跟他說：

「幸好你還沒睡，媽媽剛才一口氣看完HOBO日怪談。」

「媽媽，妳幹嘛做那種事！而且還現在說！多嚇人啊。」

這種毫無營養的對話，居然讓我就像擺脫鬼壓床的狀態時一樣，渾身的恐懼倏然消失了。

和我愛的人簡短對話。

交換笑顏。
或許光是這樣便足以讓世間各種妖魔鬼怪消失。

小魚腥草
寇特妮

雖然搖滾歌手科特·柯本名留青史，他的妻子寇特妮卻好像成了花瓶。不像小野洋子在披頭四的地位那樣廣受討論。
但我認為，她自有她的內涵。
她在眼前換衣服時，我湊巧在場，看到她的乳房！
雖然不是因為那個緣故，但她迄今仍縈繞我心頭。

記得以前看過她的訪談。
她說有句話就像宗教真言一樣無論發生任何事都能帶給自己力量。

Inside of me is a safe.

文法上的分析我不懂，但我覺得那個韻律很棒。

在我真的很痛苦時，偶爾也會吟誦這句話。

得知這句救贖真言的同時，也理解她深刻的傷痕。

我最喜歡攝影師安妮．萊柏維茲替寇特妮拍攝的照片。

光是看著就有點哀愁。

心情也像溫柔的雨絲，變得憂傷又甜蜜。

彷彿深受重傷，在傷痕痊癒後，稍微曬曬太陽的那種心情。

雖然傷痕還有點疼，但現在很和平，今後心情應該會比較輕鬆，就拭目以待吧。就是那種心情。

不思芭娜

〇〇山怪談

雖然下面這個故事沒有結局徒然讓人看完留下懸念，不過世上肯定有很多這種事，說不定只是一紙之差就不用遇上任何事。如果什麼都沒遇上，只會就此從記憶消失，所以等於什麼都沒發生過。

話說我的朋友獨居〇〇山，我偶爾會去玩。

對方搬家時我也幫過忙，也曾受邀去吃飯。甚至曾在附近吃飯結果碰上大雪，電車和計程車都停駛，只好借宿朋友家。

朋友的朋友也住在附近，所以我很期待，如果哪天也能和他不期而遇就好了。

有一天，朋友的朋友搬家，離開了當地。

我當時只覺得遺憾，結果都沒有不期而遇呢。

但那人，該怎麼說呢，好像總有某種運氣或直覺。

我記得當時曾經萌生一絲奇怪的預感。

就在那時，我朋友住的公寓被人貼了一張紙條。

內容大致上是說，半夜有人屋裡養的狗很吵，招來鄰居抱怨，所以請自重。

至少我沒聽過狗叫聲，也沒看到狗，所以只是驚訝了一下。反正不管真相如何，我的恐懼是否和那個有關也不得而知。

只是，正好就從那時起，那棟公寓忽然有什麼東西改變了。類似氛圍、空氣之類的。

〇〇山本身是非常好的地區。

很有庶民風情，學生很多，物價便宜，也有好吃的店，還有許多很棒的麵包店。

其實我只是偶爾才去那個朋友家，可是打從公寓被人貼了那張告示起，就好像貓咪炸毛那樣，每次搭乘電梯都會毛骨悚然。

我走出朋友房間時，總是加速跑過走廊，在電梯內就像急著上廁所的人似的焦躁得不停跺腳，出電梯時也是全力衝刺逃出去。我也沒想到自己的反應居然這麼大，這可不是試膽大會，也不是去遊樂園的鬼屋探險。

我毫無頭緒，甚至懷疑自己的腦袋有問題。但只要走出那公寓一步，當下什麼反應都沒了，我到底在怕什麼？走向車站的路上我一直很納悶。

不是鬼怪那一類的恐懼。多少可以憑感覺知道那是對人類的恐懼。

我查了之後並未在大島鬼屋版（知名的凶宅網站）發現那棟公寓的名字，公寓也不曾鬧出新聞上報紙。

但我還是很害怕。不想進去，那樣出來時更害怕。

後來和朋友經過公寓外面的垃圾場要去吃飯時，站在垃圾場的門前，腦中自動浮現各種可怕的影像。明明沒發生過那種案件，而且起初朋友搬來時我還幫忙丟過紙箱，可是偏偏站在那裡的那一刻渾身起雞皮疙瘩，而且寒毛倒立。

我漸漸敬而遠之，不太敢再去玩。和朋友也是約在外面用餐，因為不放心朋友，所以會坐計程車送朋友回到公寓前，但我已經怕得不敢再進公寓。

我向來很少干涉他人的人生，卻還是忍不住勸朋友「搬家吧」。

朋友很相信我的直覺，所以過了一陣子真的搬家了，從此我再也沒去過那棟公寓。

不知道哪天能解開謎團？或許一輩子都沒機會？

總之，最後一次去那一帶時我拚命祈禱，請保佑這裡什麼事都不要發生。

迄今我還是希望我的祈禱能夠上達天聽，但願只是我自己有點發神經，但願只是心理作用，但我還是很害怕哪天會發現真相。

43 ＊ PURIMI 恥部：白井剛史。推廣宇宙按摩，演唱宇宙 LOVE 之歌。

44 ＊ PARADISE ALLEY BREAD & CO.：神奈川縣鎌倉市小町一之一三之一〇。電話：〇四六七—八四—七二〇三。

為了驅邪，特地附上 PURIMI 恥部先生 43* 替我在「PARADISE ALLEY」44* 訂購的麵包照片

自我認同的危機（以及克服危機的方法）

今日小語

早上起床鑽出被窩時，和我一起睡的老奶奶法國鬥牛犬也想跟著下床。

她年輕時可以輕鬆跳下床，現在卻舉步維艱。

所以我盡量慢慢等待，陪她一起慢慢一階一階下樓是我現在的幸福。

偶爾我急著起床（比方說快遞的人按門鈴），她也拚命急著想跳下床。這些年來一直都是這樣呢，我忽然很感傷。慌慌張張的我不

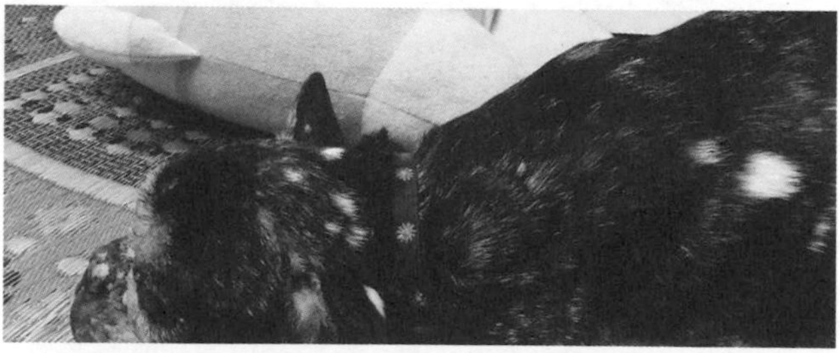

小花幸福的睡眠

知有多少次漠視她的拚命努力。但她還是每次都想跟上我的腳步，從小就是這樣。

這十年多來，我一直扮演母親的角色。如今當然也是，總之我一直是小貓小狗和小孩的母親。而且是永遠都在，時刻關心，隨叫隨到的存在。
就某部分而言我想大概一生都不會變。況且大概一輩子都會飼養動物。
就算小孩搬出去住也仍舊是我的小孩。

上次在小林健醫生[45*]（預約似乎蜂擁而至，所以如果不是真正飽受重病所苦的人請不要去求診）的建議下，我家不再吃早餐。

十幾年來，我一直負責準備丈夫的早餐與小孩的便當。那對於有工作的我來說絕不輕鬆，
但我很清楚，是自己身為母親的驕傲支撐我繼續做。

先是不用再做便當，接著也不用做早餐……我不習慣那種自由！

這種時候我試著冷靜分析狀況。

「多出充裕的時間」、「終於可以體驗夢想中的睡到自然醒，晚上睡覺前不用先準備早餐的生活來臨了」、「不用再隨時採買食材囤積，所以在經濟和時間上都大幅節省，輕鬆多了」，這是現實的正面效應。

「家人或許會就此失去凝聚力」、「變化來得太突然讓人不安」、「孩子還小的時候總是時刻黏著我，可他現在已經不需要我了」、「好寂寞，真希望大家永遠在一起，也希望自己是有用的」，這是感情的負面效應。

換言之，無論何時，如果冷靜審視事物正好好壞各占一半。要選取哪一半堪稱是那個人的個性問題。

所以這時可以慢慢來，別被感情的負面效應絆住，要把舵轉向正面效應。

如此一來，嶄新的人生，前所未見的海洋，就會壯闊

這是「tit-chai」餐廳的綜合招牌菜。超讚！這樣的便當我天天都想吃（很遺憾，不是想做）！

地在眼前開展。

是否要縱身躍入全看我自己。

雖然我的反應總是慢吞吞，但我當然要試試！

內容有點接近不思芭娜的小魚腥草

俯瞰

有一天，某位溫柔的阿姨打電話來，問我某某女孩做她的兒媳婦如何？

她說出的是我朋友的名字。

大概是想讓我居中介紹吧。

那傢伙有多愛玩，我很清楚。

是那種會去亂交轟趴的玩法。

於是我說，我覺得最好不要，因為那女孩比阿姨想像得更加自由奔放。

真的？我倒覺得是個非常好的女孩子，真可惜……阿姨說著掛斷電話。

我在心裡忍不住對阿姨的兒子說：自己的老婆自己去找，別依賴你媽！
雖然這麼想，但我沒說出口。
還有，有些女孩乍看之下很乖巧其實玩得比誰都兇，所以要睜大眼看清楚！
我也想對阿姨這麼說，但我沒說出口。

阿姨的個性溫婉，甚至不敢獨自外食，而她兒子在這世上最愛的就是媽媽。
所以，我無法評斷這對母子，也絕對不該去批判。
如果一直抱著前述的想法，或者告訴對方勉強對方接受，那就成了「批判」。
如果只是自己誠實地在心裡這麼想，那只不過是「感想」。
知道這兩者的差異，用處可大了，我自己就親身經歷過許多次。

阿姨後來就這麼溫婉地去世了，她兒子每逢假日就依序去母親生前想去的場所，溫柔地追悼母親的身影與回憶。
那個始終個性溫婉就這麼上天堂的人，誰能批判她的對錯？

一心愛著母親的他，又有誰能指責他是個媽寶？

若從天上看，大家都差不多。
同樣愚蠢且精彩，這就是凡人。

磨練直覺，以便在不對的時候勇於開口拒絕，而且盡量不放在心上，過後即忘。這是我們唯一能做的。

更何況是插手替他人做些什麼未免太不知分寸。
萬一自己的存在能夠幫助他人，只要想「有這種巧合真是太好了」就夠了。

不過，如果無法自由擁有感想，自己會很累。
「不去批判他人」只是抱著「感想」，想必是對自己最溫柔的方法。
只需告訴自己：就是會這麼想呢，沒辦法。

想必神明也覺得，「那傢伙，原來這麼想啊，人格還不成熟呢，不過沒辦法，這就是人嘛。」

然後，大概就在滿池荷花，依山傍海清風徐來的場所，喝著非常美味清澈的茶水，望著人間這麼想吧。

不思芭娜
艾美

從二十五歲左右起，我真的一直很忙。只有外食時能夠坐下來吃飯，在家的時候都是站著匆匆解決。

回到家放下行李還不能躺下，又要熬夜工作。由於當時太煎熬，甚至用酒精來逃避。

現在想想，我的肝臟就是在某個時間點被搞壞了。

可怕的是，身在漩渦中時絕對不會發現。

無論得到多麼偉大的獎項，看到多麼美麗的景色，周遊各國邂逅了各種文化，心中只有一個念頭：「好想盡情睡覺」、「好想坐下」、「好想休息」。

臉上總是掛著虛假的笑容。心卻不在這裡。一低頭就會落淚，放假的日子整天都哭著入睡。這種情形如果持續一輩子，我想我一定會痛苦得死掉，但是看來恐怕真的會持續一輩子。

許多讓我莫名其妙的工作找上門來。難以推拒的邀約不斷湧來。我懶得拒絕，只好爬出門，擠出虛偽的笑臉消磨時間，借酒澆愁，暴飲暴食。妳已經有憂鬱症了快去看醫生！現在當然可以這麼說，但當時的我根本忙得分身乏術，如果還要去醫院，只會讓行程更忙碌，所以嫌麻煩的我不可能做到。

當時只覺得味如嚼蠟地熬過每一天就行了。儘管生活毫無樂趣，儘管只感到滿心疲憊。

有人守在家門外。隨時會被拍照，一切都遭到嫉妒，私下不管去哪必然會被人要求（來參加我的婚禮！免費替我寫點東西！我朋友是妳的書迷可以現在叫我朋友過來嗎？下次來參加我辦的派對吧？能不能用妳的名義送個花籃？）如果我拒絕就會遭到批判。

連作家都這樣，我想藝人真的很辛苦。

簡直是《艾美懷絲》（以歌手艾美．懷絲的生平為題材的紀錄片。正因為她才華洋溢所以更令人惋惜，她唱的歌真的很棒）的世界。幸好她的男友不是那麼徹底的壞蛋，頂多只是METROFARCE搖滾樂團的成員（GUN的程度（人超好，發酒瘋的酒品不錯）。

還有，我也得感謝神明讓我得到的是個禁止酒精的環境。如果我的環境裡有海洛因或快克，我想這時候鐵定已經上天堂了。

也有人說「但妳相對的也撈了不少錢吧」，其實錢幾乎都拿去繳稅了，而且我覺得年輕時功成名就賺到的錢不該存起來，所以都花在體驗和別人身上了。

持續工作到四、五十歲之後賺來的錢才是真正的錢，所以一塊錢都不能浪費，應該好好利用。

總之我的人生中，如果細數那些為錢接近我的人簡直多如繁星，所以我誰也無法相信。我明明說過我根本沒錢！

人們為金錢變臉的瞬間，我已經看過太多，甚至到了覺得有趣、驚訝的地步。

那才真是如同《浪花金融道》那樣各種金錢糾紛的例子都有。甚至堪稱沒有我沒見過的例子。

國外的港口附近我也常去，就連船隻與動產的操作方式，港口與倉庫的箇中玄機我都略有所知。

為了剝奪某人的繼承權，周遭的人們使盡各種手段；為了高價售出便宜貨，成立許多公司動腦筋布置法律陷阱……這些人或這些不該看的事我也看過許多。

我真心認為，看了那麼多，虧我還能倖存至今。

或許該感謝我當時太年輕，或者基本上就是個笨蛋。

我拚命裝傻時，看到眼前這些人好像覺得「反正這個女人不懂金錢方面的事」，就大剌剌做出詐欺或犯罪的勾當，讓我興味盎然，但也很害怕。

還有，到目前為止我聽過最勁爆的編輯感言，是在採訪時劈頭先聲明：

「我對吉本小姐的小說和為人都毫無興趣。但是您的人氣很高，我只好來採訪。」

基於工作的約定彼此抽出時間見面，還能當面說出這種話的職場恐怕不多！

在我即將邁入四十大關時，我一心只想從「Q：『最想做什麼？』A：『想休息。』」這個循環跳出來。

後來又花了整整十年工夫才真的達到接近這個理想的狀態。犧牲的大概是小孩，所以我很抱歉，但總算勉強還來得及。

無論是保險或創業，或搞電子雜誌（笑）都一樣，開始很簡單，停止很困難，這就是社會。

現在的我頭一次覺得打包行李很開心。有餘裕思考「抵達那邊後要穿什麼？」這種問題了。

以前總是一邊哭著抱怨「不想去，想睡覺，出差簡直是地獄，一點也不想打包行李」一邊熬夜打包行李。工作和家事都得一手包辦，到了深夜終於精疲力盡擠出時間，苦澀地流著眼淚，利用離家前的最後幾小時整理最輕便的行李。泳裝……需要嗎？還是帶去吧？好麻煩，好想休息，不想去……

回想起當時的自己，真是可憐得潸然淚下。
沒有任何人能幫我。只有自己救得了自己。
堅定做好自己救自己的覺悟後，不知不覺地周遭也開始幫助我了。
我認為人生的價值，不在於金錢也不是工作更非出國旅行，而是在於那種狀態。

艾美也一直犯錯直到失去她的最愛（就像寫作是我的最愛），再也回不了頭，讓我覺得很可憐。

真希望她有機會唱更多歌。
我只能祈禱，但願她投胎轉世還是會唱歌的人。
但是如果投胎轉世了，艾美就不再是那個嗓音了。
自己是自己，是僅此一次的寶物。

45 ＊小林健醫生：在紐約進行整合療癒（holistic healing）的自然療法士（master healer）。http://ameblo.jp/drkenkobayashi/

作夢是力量（奪走那個的事物）

今日小語

我當然見過松浦彌太郎先生[46]，也交談過，但我覺得此人真的是珍禽異獸。

當然是好的定義的珍禽異獸。

一般人看來肯定覺得他執著得太誇張，但圈內人的看法稍有不同。

他在泡沫經濟時代體驗過業界多次甜美的誘惑，所以他那種生活方式已經堪稱是拿命去拚了。

「要保護自己和自己的家人，還有自己的思想，只能用這種形

天氣放晴時驚鴻一瞥的川平灣

式。」

我想，就是這種覺悟的態度塑造了他的現在。

就算被他反駁「完全不一樣啦」我還是要說，我覺得他和英國小說家羅伯特・哈里斯有一樣的東西。

他們都是那種把幼年的夢想與憧憬全部昇華為真實人生的人。

附帶一提，上次我撐得「再也吃不下了～」開始睡午覺的瞬間赫然察覺一件事。

「我懂了！我的人生，深深受到我從小崇拜的小鬼Q太郎的生活方式影響！除了討厭狗這點之外，幾乎全部一樣！」

這才真的是心想事成的吸引力法則！（笑）真的變成我想要的樣子了！（笑）

早知道就該設定稍微不同的峰不二子或哆啦美[47]，但那不是頭腦能夠主動選擇的。潛意識就是如此，完美到數學公式的地步。（淚）

如果把這個故事當成提示，就能簡單學到「要是能變成這樣該多好啊」的幻想和「與自己打從心底一致的東西」並不同，我們只能依靠願力引來後者。

請以我的失敗為鑑！

……雖說如此，我這個彆扭的嬉皮，總是穿著皺巴巴的衣服出現在松浦先生面前，也沒好好使用敬語，隨便就地躺下（我在他的書中看到，白天不能躺著是他母親的教誨。這讓我想起我祖母也是出身名門，從來不會當著別人面前去上廁所），忍不住想調侃「喂喂喂，放輕鬆一點嘛！」——但那當然不是真心的。

每個人都有照自己喜歡的方式生活的權利。

都有如願實現夢想的權利。

說到照自己喜歡的方式生活，好像立刻想到的就是散漫自由的樣子，但並不是。也有渴望像松浦先生這樣規矩長大的生活方式，照樣可以自由的、隨自己高興地活著。

在業界向來是「有事沒事先喝酒再說」、「咱們交情好所以先幫我工作一下吧」，娛樂也是以「已經這麼忙了，所以稍微放鬆一下應該沒關係吧」、「今晚好像有豔遇那就來一發吧」這種形式來臨。

年輕時的我也很享受那個，喝得醉醺醺從計程車上仰望天空的美景至今難以忘懷，但當時是當時，現在是現在。

如果當時的那個我，看到現在早起在家一邊工作，一邊喝味噌湯配白飯享用簡單午餐的這個我，大概會說：「喂，妳沒發瘋吧？」

但是，現在的我內心依然有當時的那個我活著。

所以，接觸到過於正確的判斷和看起來條件太好的邀約時，我內心那個邪惡的超級奶娃[48]就會醒來嗆話：「喂喂，那樣好像太詭異了吧～！」

雖然我總是亂七八糟游走邊緣（附帶聲明，哈里斯比我更混亂），但在渴求「像夢想一樣活著」的過激程度方面，我明確感到松浦先生和我是同類。

雖然我們的生活模式有這——麼大的差異！

小魚腥草
酒場

哪怕是大小便失禁、包尿布、素顏見人。

就算穿著色彩鮮豔的服裝被當成怪阿婆也行。
乾巴巴的膝蓋從高腳凳邋遢地露出也無妨。
我想喝漂亮玻璃杯中的酒。
我想和坐在旁邊的大叔或老爺爺隨口開玩笑。
最後優雅地擁抱道別。
沒有火藥味的那種。

或許純粹只是酒精中毒。
但我就是想那樣。
只要想到今晚也可找個地方喝一杯，直到傍晚都不寂寞。
就算是孤單獨居。就算握著千圓鈔票，被人指指點點說「看哪，那個窮酸老太婆看起來好寂寞」，我也寧願雙眼帶著夢想出門去。

不思芭娜
比恐怖片更可怕的夢

我在那個夢中同一天連看了兩間房屋。

就連房仲業者的領帶顏色都記得。是深藍色。

其中一間房子是位於公司境內的出租公寓，一樓有羅森超商。八成是位於環八沿線。地點超級方便，還有大片玻璃窗和水晶吊燈。但是房子非常老舊。看起來很像昭和時代的洋房，所有的照明都是造型復古感覺不錯的燈具，可是裝的卻是日光燈。光是想到這些燈必須全部換掉我就遲疑了，而且正因為地點方便所以房租也很貴。

另一間是位於公園旁的房子，房租相當便宜，建於昭和時代，經過妥善維修，是頗有傳統民藝風情的民宅，還有大片樹林當作借景。那種感覺（因為是夢中，有點模糊）大概是駒澤公園，但從車站抄近路必須經過公園。如果不走公園就得繞上一大圈的路。白天走起來倒是舒服但晚上可能很恐怖吧，我想。

我知道兩間都不是讓我一見傾心的住處。

但是好像非得做出一個選擇不可。在那當下，我已經沒有更多的選擇。所以只能盡量選擇好一點的地方，下點功夫，讓自己住得開心。

如果選這間，經濟方面會很吃力但生活很輕鬆，如果選那間，晚上不坐計程車就無法出門，會變得不太能外出……

醒來時，我心想，啊呀，太好了，幸好只是夢。

那種事我已經受夠了，想想就冒冷汗。

那種「雖然不滿意，可是只能盡量尋找它的優點」的心情，已經從體內完全消失了，所以只覺得揹房貸很沉重、和銀行打交道以及學習貸款扣除額等等很麻煩，卻忘了事情總有好的一面也有壞的一面。

我完全忘了去體會此刻好的一面，感受那種幸福。

人往往有這種傾向。對不幸格外敏感，對幸福很遲鈍。所以必須隨時保持冷靜檢視自己的當下。

我已經不用再找房子了。

將來或許會住進養老院或安養機構，但是已經不必那樣四處漂泊，彷彿居無定所，四處尋找在那個期限內或許是最佳選擇卻非自己最佳選擇的房子了。

……不過我還會做這種夢，可見以前用功念書的人如今還會夢到考試也是理所當然吧。

不過，當時是當時，現在是現在，說真的（不是就積極正向的意義）這些年我一直在尋夢。大概是那個夢想遺留的沉積物，這樣沉澱之後偶爾浮現。

有夢想，或者說孕育夢想的心情，必須切換到某種模式才會萌生。不過，只要切換到某種模式無論在哪都可以作夢。

這當然是因人而異，但以我的情況，是在稍微有點時間，眼前有景色，彷彿倏然有風吹過，種種念頭浮現時。

可以想像要穿什麼樣的衣服。

也可以夢想明天把還沒看過的電影一口氣看完。

或者默默望著滿載自己尚未做過的菜肴的食譜亦可。

那在手機世界匆忙互傳訊息的被動狀態中絕對找不到。

可是，話說回來我的意思也絕非「手機這種東西最好不存在」。因為說來說去那終究是人這邊的態度問題。
不過，那種機器有強烈的傾向會讓人忙著互傳訊息剝奪時間喔，唯獨這點，我認為最好先知道。

和家人去喝茶，如果各看各的手機，往往會被人用「真可憐，一家人居然毫無對話！」的眼光看待，但那種時候我們一家正度過超級美好的時光。小孩不是在玩遊戲而是學習魔術，丈夫在看工作的書籍，我在寫稿。
做自己重視的事情，一抬眼就能看到家人，在那樣的安心感中，卻又不是在家，所以心情也有點開放，感覺剛剛好。
希望各位至少能理解，世上也有這樣的場合。

46 松浦彌太郎：作家、書商。曾任《生活手帖》總編輯。
47 峰不二子是卡通《魯邦三世》的性感女主角，哆啦美是哆啦A夢的妹妹。
48 《超級奶娃》是日本二〇〇〇年播出的搞笑卡通，內容充滿黑色幽默與辛辣毒舌的對話。

能夠創造自己人生的只有自己

（所以別把責任推給別人）

今日小語

幾年前我在寫《橡子姊妹》這本小說時。

那本小說描寫的是一對有點古怪的姊妹，其中也有關於初戀的插曲。

當時我剛得知初戀對象的從前好友過世，在思考生命無常的同時，也經常回想當年種種，於是就寫進小說了。

我的初戀說悲慘的確很悲慘，說豐富也的確很豐富，因為我從小學三年級到高一一直喜歡同一個人，經過短暫的兩情相悅，之後一直是單戀，幾乎讓人懷疑「妳是跟蹤狂？」（笑）

霧中的那須高原

因為沒有其他人能讓我喜歡，所以我也沒辦法，不過話說回來，在人生的開始就能遇上那麼出色的人物真的很走運呢。

他的好友意外過世，我得知消息後為之悚然的是「這樣啊，說不定死的也可能是他，原來也有那種可能啊」。

我一邊思索那樣的念頭，一邊寫初戀以及關於當時周遭眾人的那一章，大致寫完後，就帶狗出去散步。

從我家下坡走到下面的大馬路時，極為自然地站在那裡的，竟然是我國小國中的三個女同學。

「小吉！」被喊出以前的暱稱時，我看著她們，幾乎以為在作夢。因為這裡是下北澤，而她們應該住在根津。

我的感覺大概是：這個住宅區離下北澤並不近而且啥也沒有，怎麼會在這裡遇到中學之後就再也沒見過的老同學？

而且我才剛寫完關於初戀的那一章。

那又怎樣？只不過是巧合罷了。或許有人會這麼想，但是如果考慮到那種巧合發生的機率，我覺得真的太神奇了。

她們三人之中的一位湊巧最近搬到代田，另外兩人造訪新家後，三人湊巧這天都有空，因此打算一起到下北澤吃午餐，就這麼邊討論邊走過我家門前的下坡時，遇上正好剛寫完中學時代故事的我經過！

那一刻我親身體會到，當腦中的東西反映在現實生活時，時間或空間好像都扭曲變形被超越了。

這樣做會變成這樣，那樣子會發生那種情形……帶有這種預設的故事，就某種角度而言，只不過是我希望它如此的錯覺罷了。

事實上，一切因果關係被扔進混沌的袋中，以無人能懂的形式飛速出現在現實。

我們能做的，僅僅是緩緩掌舵，不要把亂七八糟的東西塞進那袋中（如果雜質太多，現實也會混濁）。

自己的精神越明晰，現實世界的反應就會越迅速。

而且除了自己塞進那袋裡的東西以外絕對不會出現在這世上，所以當作自己全權負責應該沒問題。

總是把責任推給別人的人，人生只會不斷因別人而遭遇悲慘的下場。

巧合的是，這本《橡子姊妹》也成了父親看過我寫的最後一篇小說。

之後父親幾乎失明，再也不能看書了。

「之後只剩下讀者個人喜好的問題，妳的文學已經成熟了，已經自成一家，我想妳應該可以放心了。」父親看了那篇小說後，就像交代遺言般如此說道。

我相信（或許只是想這樣相信）有某種巨大的力量，以那種形式讓我看到「寫這篇小說，以及當時發生的事，還有父親說的話，通通都要永誌不忘」的啟示。

小魚腥草
月亮與單戀

我已經長大了，而且不再愛他，所以可以和昔日曾經那麼喜歡的初戀對象很平常地對話。平常得甚至幾乎忘記曾經愛過他。

他完全沒變，可是我已經不會怦然心動，頂多只覺得：哎，他依然這麼出色真了不起，自己過去能夠本著正確的想法行動真是太好了。

只是，也會在不經意的瞬間想起，

「啊，這個人好像曾經對我擁有絕對的力量吧？」

那是他對我的行為或發言做出「妳這樣好像不大對吧？」的反應時，以及說到自己的故事覺得「發生這種事會非常可悲」時。

仔細想想，能對我產生那麼大影響力的人物頂多只有我自己生下的寶寶。

啊啊，像這種時候，已經變得臉皮很厚的我忍不住想，以前還真是動不動就動搖啊。

我認為應該沒什麼事會比「現在要和某國的國王對談喔」更緊張，但那是因為我已經到處親身經歷過了！

彷彿〈初戀〉這首歌的情節，看到放學後在操場專心跑步的他。

就像美麗的銀杏葉和天空，我只盼將那出色的身影烙印眼底。沒有更多也沒有更少。
甚至就連想成為什麼、想做什麼的念頭都沒有。
再沒人比他的外型更讓我心動。

後來我很自然地學會各種男女相處的應對之道。
例如，現在的我已是大人，所以最好到此為止。
例如，這種時候應該用笑臉應對比較好吧。
例如，如果再說下去可能招致誤解所以還是算了吧。
不需要特別針對任何人，應對之道自然融入日常生活。
甚至已經無法單獨取出那部分。

現在，我對他只有感謝。
在那悲慘的時代，他曾是我的人生中唯一的光明。
願他的人生無比幸福，家人健康，小孩平安成長，挫折時和疲累時還有很多想嘗試一下的事。

我想應該也有這種到此地步只剩下感謝的關係吧。

那大概是因為當日的我真的了無遺憾地（而且毫無技巧，像傻瓜一樣只知埋頭努力）做了我能做的一切。

很笨拙，只憑著喜歡，拚命跟上青春時代的我啊。

我想替當時的那個我梳頭髮。想陪她一起去買衣服。想教她化妝。想和她一起思考告白的方式。想教她如何夜遊。

想和她手拉手一起仰望月亮。

不思芭娜人生之舵

看了《戀意地》[49*]這本漫畫，我又開始深深思索初

表皮光滑發亮的現摘臭橙

戀。

主角從小就一直喜歡某人，每次告白都被拒絕了，但她還是喜歡對方。對方有時覺得她很煩，有時覺得她可憐，有時覺得她可愛。

但他的心中從來不曾充滿對她的渴望。

仔細想想，愛情很噁心。

把對方的一舉手一投足都放在心上，試圖找出意義。

其實是性慾變形後的投射，卻奇妙地採取了精神上的形式，這點也很噁心。

「她去告白被拒絕，等到情緒冷靜下來了又再次告白，就這樣重複了十年之久。」我這麼對丈夫描述情節，「她那種做法根本像個男人嘛！」丈夫笑言。

的確，那樣不可能告白成功，因為像個男人嘛！（笑）

年紀漸長才明白。其實比起初戀，背後的故事設定才是再也無法挽回的。

坐在姊姊的腳踏車後座穿梭的街區。

與死黨每天黏在一起，互訴無聊的話題，佩服對方的洞察力，認真討論彼此的將來，幻想戀情，擁抱道別。

比起在情人節送巧克力給暗戀對象，還不如在那之前和死黨相約一起繞行彼此暗戀對象住家的信箱，然後去大公園喝果汁，遠遠來得更特別。想必，就某種意義而言那更像戀愛。

參加同學會前，就和他聯絡上了，所以我並不緊張。

……當然不是就戀愛的立場，只是站在同學的立場。

據說他女兒毫不知情地看了我寫的《鶇》，興奮地衝進房間說：「爸爸，我看了一個超厲害的故事！是挖洞耶！你知道為什麼會那樣嗎？」

那也是奇蹟。簡直不可能！

同學會上他和我兒子並排合照，那也是奇蹟。

奇蹟太多，我頭都暈了。

這種情景，未免也太超現實了！

當時的死黨也在場。

我醒悟。

啊，對了，我以前最喜歡的就是這個死黨，還有他以他們特有的冷靜酷酷地交談。

我想，這兩人缺一不可，我是把他們當成一組來喜歡的。

去上學就有許多朋友和他還有死黨在，回家有我姊和死黨，而且爸媽都活著，不管去哪都絕不孤單，總是洋溢歡笑。

我的人生中短暫幸福的時光，今後要加倍找回來。

我如是想。

我喜歡的人，姊姊，死黨。爸媽都在家。

就是因為我過度依賴他們全員到齊的狀態，所以當那個狀況改變時，我才會傷心寂寞甚至迷失了自己的人生。

換句話說，依賴他人是不好的。

就像無舵之舟，隨風漂流忽悲忽喜，任憑周遭改變自己人生的全部方向，那樣未免太可悲。

只要我自己掌舵，自己發出光芒，就算周遭的狀況改變，應該也能讓損害減至最低活下去！

49 ＊《戀意地》：作者志村貴子，一至七卷發售中，講談社。

某旅館的清涼甜點

善意的謊言與豐饒的世界

今日小語

最近經常因為工作關係見到年輕人。大家都很認真，忙得甚至頭髮翹起都無暇打理依然熱愛工作，懂得找家時髦的餐廳和戀人或家人吃飯的樂趣，也有個人的興趣嗜好，而且身體力行，給人的感覺良好。

若是我這個年紀的世代，有時往往忍不住想對男人們說「廢話少說，你們去鮪魚船上待幾個月試試！」或「有種去和熊打一架！」，但也經常老實感嘆時代真的是往好的方向變化。

魚腥草森林

大家都非常溫柔正直而且肯動腦子好好思考人生，挺好的。

年紀漸長，可以看到各種不同的世代，真有意思。

話說回來，這種世代的人非常認真，所以極端恐懼謊言或信口胡謅。我想大概是從小就被教育不可說謊。甚至有人為此所苦。

但我認為謊話之中也有為了不傷害人的善意謊言。

男女之間的謊言，或許都是這種類型吧。

我偶爾和人聊天，有時為了炒熱話題會有意識地（畢竟就像關西人說相聲的天分，東京老街也有「說話不抖包袱的人不如去死」這個不成文的危險規矩。我好歹是在那種地方鍛鍊出來的），反射性做出平時絕對不會做的「稍微加油添醋」這種事。

比方說，把「去了大手町」說成「去了日本橋」。

為什麼？我自己也很好奇，經過長年研究，我發現那是因為對方就是這種人。

對方若是習慣撒小謊的人，自己也會反射性地用防衛本能稍微含糊其辭。

我卑微地希望自己將來能成為不受影響的人，但我的體感堪稱敏銳，所以或許就保持現狀也行。

「如果付錢有困難，隨時告訴我！」

父親帶著氧氣罩，雖然意識矇矓還含笑這麼說的謊話，對我而言是最傷感也最善意的謊言。

「不管怎麼看，你這種狀態都付不出錢吧。」我在心中如此吐槽，但嘴上還是說：「我知道了，我會的，謝謝爸。」

明明兩人都在說謊，一切卻美好得讓人想哭。

這世上也有這樣的事呢。

這世上什麼都有。

說到世界之遼闊，宛如作夢。

如果非要評斷出對錯就不好玩了。

這麼棒的樂園都不玩，那還有什麼樂子可找。

父與孫

小魚腥草

小魚腥草的小魚腥草

初夏至秋天，一直用那撫慰人心的香氣與花朵讓我賞心悅目的白色妖精魚腥草們。
為了迎接來年也差不多該沉睡了。
魚腥草要摘多少都有，它的藥效慷慨大方地對我們開放。
即使不知情的人們把它當成雜草剷除，它還是毫無怨尤，繼續生長。
想必也正努力為我們淨化遭到核輻射汙染的土壤。

這種沒沒無聞、不起眼、偉大該怎麼說呢？
它甚至不要求人們思考這點。

摘下幾片葉子，帶回家給我家的老狗是我的每日例行公事。
老狗就算睡著了，聞到那味道也會立刻醒來，狼吞虎嚥。

明年這個時候，你還能吃魚腥草嗎？
我只能避免去想那種問題，祈求牠今日健康的鼾聲能到永遠。
此時此地，我們同在。身體很暖。如此而已。

我的散步專用包包的口袋已浸染魚腥草的氣味。
深吸一口後對夏天眷戀不捨。

日本全國各地的魚腥草，肯定都把我和老狗當成朋友。
魚腥草聯絡網或魚腥草DNA想必已刻劃了我們的身影。
它從不會因為誰加入就要趕走誰，只是溫柔地對眾人平等開放。
受傷或肌膚乾燥出問題時，它想必會比平時更深入地幫助已成為朋友的我們。
基本上，藥物這種東西肯定本來就是這樣吧。
就歷史而言，與個人相關度更高的東西，的確更能發揮藥效。
自然與人類的歷史，何其豐富。

不思芭娜

小魚腥草的不思芭娜

年過九十的木偶師傅每天喝的茶，是煮得非常濃的魚腥草加打碗花茶。材料都是附近摘來的，基本上免費。

放了大量的葉片熬煮，所以味道很嚇人，但那種味道似乎可以清除體內毒素。打碗花不只扮演師父說的強精補氣的功效，也可以治療便祕。

兩者合飲可讓毒素從糞便排出，效果想必更好。

古人的智慧真是不得了。

如前述，這樣每天喝本地生長的東西，我想會更容易奏效。

我無意否定西醫，但是起初非常有效，習慣藥性之後就會漸漸失效而不得不增加劑量，我認為這是西藥的侷限。

大自然中的藥物正好完全相反。

只要適切攝取就會慢慢見效。即便少量，身體也會明確做出反應。少量就很管用，所以也能減少肝臟和腎臟的負擔。

西方能夠理解這點的想法大概是順勢療法（Homeopathy）。有些人很怕西藥賣不出去，所以中藥和順勢療法在日本才會被人露骨地視為負面的迷信。植物擁有的藥效並非迷信。

只不過，懂得正確用法的世代正逐漸式微。

盡量學習，閱讀先人的文章加以實踐並且預防，迫不得已時就借助西醫的力量。我認為這才是豐饒的社會。

比方說，如果攸關性命時，類固醇就是良藥，我認為在人類的各項發明中也算是相當厲害。不知道救過多少條人命。

然而，那樣攸關性命的重症，為了救命硬生生用藥物在體內壓制下來，除非打定主意要徹底根除，否則那個症狀必然還會以別種形式出現。

對，「只要現在過得去就好」和「愛惜現在」完全是兩碼事。

我年紀越大越切實感覺到，野口晴哉醫生[50]關於生命的說法正確無誤。「但那位野口醫生自己也沒活多久吧？」說這種話很簡單，但基本上他本來就是抱病替那麼多病人診療，還教導了那麼多人，並未把長壽當成自己的目標，所以我還是覺得他其實已做到了「全生」。

如果看到當今時代，我很想知道野口醫生又會怎麼說。

看到昭和時代的免洗筷，醫生曾經寫到：「我們那個時代的人只會覺得這樣很浪費東西，但在今後的世代中，無論對自然或對人類，就各種意義而言或許會出現更有合理性或方向性的東西。」我認為很有道理。

看到野口醫生再三強調懷孕時以及產後最好不要用眼，當時的我覺得「這麼忙根本做不到！」但是日後真的發現眼力受損，才意識到他說的沒錯。

就各種角度而言我都不聰明，但我還是很懊悔當初沒有更重視本能。

今後就慢慢這樣做吧。就自己這樣去實驗吧。我如是想。

豐饒的心靈，

就是在無的時候享受無的生活，

在有的時候享受有，

並且毫不拘泥，總是懷著活潑生動的心情度過一天。

無也煩惱，有也煩惱，

因求不得而陰鬱，

得到後又為自己得到的先後順序氣惱的人，

無論如何都談不上豐饒。

（轉載自野口晴哉推特非官方bot）

50 野口晴哉：日本的整體操「野口整體」創始者。十七歲就發表「健康生活就是順應自然的姿態」的《全生訓》，一貫以「全生」（有活力地過完全部人生）為活動方針。

與太郎雕像合影

全書攝影：吉本芭娜娜
全書作者照片攝影：井野愛實、田畑浩良

藍小說846

把心情拿去曬一曬——小魚腥草和不思芭娜（新版）

作　者—吉本芭娜娜
譯　者—劉子倩
編　輯—黃子萍
封面設計—陳文德
內文排版—邵麗如
總 編 輯—嘉世強
董 事 長—趙政岷
出 版 者—時報文化出版企業股份有限公司
108019臺北市和平西路三段二四〇號三樓
發行專線—（〇二）二三〇六—六八四二
讀者服務專線—〇八〇〇—二三一—七〇五
（〇二）二三〇四—七一〇三
讀者服務傳真—（〇二）二三〇四—六八五八
郵撥—一九三四四七二四時報文化出版公司
信箱—一〇八九九臺北華江橋郵局第九九信箱
時報悅讀網—http://www.readingtimes.com.tw
電子郵件信箱—liter@readingtimes.com.tw
法律顧問—理律法律事務所　陳長文律師、李念祖律師
印　刷—勁達印刷有限公司
二版一刷—二〇二三年一月十八日
定　價—新臺幣三六〇元
（缺頁或破損的書，請寄回更換）

時報文化出版公司成立於一九七五年，
並於一九九九年股票上櫃公開發行，於二〇〇八年脫離中時集團非屬旺中，
以「尊重智慧與創意的文化事業」為信念。

把心情拿去曬一曬——小魚腥草和不思芭娜 / 吉本芭娜娜著；劉子倩譯 . -- 二版 . -- 臺北市：時報文化, 2023.1
面；　公分 . --（藍小說；846）
譯自：すべての始まり　どくだみちゃんとふしばな 1
ISBN 978-626-353-410-0

861.57　　111022392

Japanese original edition published by Gentosha Inc. in 2017.
Traditional Chinese translation rights arranged with Banana Yoshimoto through ZIPANGO, S. L.

ISBN 978-626-353-410-0
Printed in Taiwan